今《こ》宵《よい》スイートルームで

火崎《ひざき》 勇《ゆう》

ILLUSTRATION：亜《あ》樹《き》良《ら》のりかず

今宵スイートルームで

LYNX ROMANCE

CONTENTS

お客様のご要望

『アステロイド』は新しくできたビルの十五階から三十階を占める外資のホテルだ。

ビルの一階にロビースペース。そこから直通の、アラベスクの飾りがある銀のエレベーターで十五階へ。

扉が開くと、光溢《あふ》れるフロントフロアが広がる。

フロアに光が溢れているのは、ここが十五階だというのに空中庭園よろしく、散策のできる庭があるからで、それを眺めて楽しめるように壁が一面ガラス張りになっているからだ。

都会にありながら、他《ほか》の建物が視界を邪魔することなく美しい庭園を臨みながらチェックインができる。

更にラウンジにはシックな細工物の椅子《いす》が置かれ、冬にはちゃんと火を入れる暖炉とゆったりとした白の革張りのソファセットが、空間の高級感を高めている。

けれど、ここでチェックインするのは『普通の』お客様。特別なお客様は二十五階にあるクラブラウンジにあるテーブルで待ち時間なくチェックしていただく。

フロントからゲストルームへ向かうには、ここまで上がって来たのとは違うフロア奥の二つのエレベーターを使う。

そのゲストルームが、私《わたし》、浮島尚《うきしましょう》の職場となる。

ホテル『アステロイド』の売りは、落ち着いた雰囲気と、ラグジュアリーな空間。質の高いサービス。

その中でも特筆すべきものは各室にバトラーが付いているというものだった。

バトラーと言うと堅苦しく聞こえるが、簡単に言うとゲストルームにおけるサービスの全《すべ》てを、一人の客室係が受け持つと思えばいい。

荷物を運ぶことも、アメニティの追加も、ルームサービスも、簡単な観光の相談も、ちょっとした不満も、部屋づきの電話にあるバトラーコールのボタンを押していただけば、すぐに部屋付きのバトラーがやってくる。

通常の部屋係は、申し付けられたことだけを行ってすぐに退室するが、バトラーは違う。申し付けられた用事をこなすだけでなく、自ら『他に何かございますか？』と用事を探し、『これをお頼みになりましたので、こちらも必要かと思いまして』と、要求以上のことを叶《かな》える努力を怠らない。

より細やかなサービスを提供するために、全てのサービスへの対応をバトラーという一つの役職に集約させるのだ。

一般客室では通常それほどバトラーを必要とすることはないので、一人のバトラーが何部屋かを掛け持ちで担当し、勤務時間の関係から、朝、昼、晩と三人が一チームとして行動する。

だが、プレジデンシャルスイートとエグゼクティヴスイート、つまりトップランクのお客様の対応をするバトラーは少し違う。

担当する部屋は一チーム三人で二部屋。ご要望があれば一人の人間が二十四時間対応することもある。

ハイクラスのお客様はそれだけ要望が細かく、また守秘義務を伴うものが多いからだ。

私が今朝送り出したお客様もそうだった。

いつもご利用いただく老齢の社長は、当ホテルを密会場所に利用している。

密会の相手は色っぽい相手ではなく、政治家だったり、同業他社の人間だったり、社内の重役だったりだ。彼がどこの誰《だれ》と会っているかで会社の株価が変わるので、その事実が他所《よそ》へ漏れないよう、部屋に出入りする人間の数は極力減らしたいと、私だけを指名していた。

他にも、セレブご用達のカウンセラーや、危ない恋愛を楽しむ者や、『礼儀正しい秘密』を持つ方々が利用される。

特殊なキーでエレベーターの使用すら制限されているエグゼクティヴフロアは、いわば秘密の花園。

そして私はそこの番人というわけだ。

「浮島さん、二九〇一号室、お客様入られました」

「お名前は？」

「岩永《いわなが》様、下の名前は天と書いてアマル様です。年齢は三十代、男性です。宿泊予定は七日間」

「七日？　長いですね」

フロントから、チェックインを済ませた担当の部屋のお客様の情報が上がると、控室で準備を整える。

何時《いつ》お呼びがかかっても、万全のサービスができるように。

今日も、バトラールームの電話が鳴る。

「お待たせいたしました、岩永様。バトラールームです。何か御用でしょうか？」

『コーヒーを頼む。それと、チョコレートの用意はできるか？』

受話器の向こうから聞こえる、ハスキーないい声。

他人に命令することになれた口調。

新しい客の岩永様も、このホテルに相応《ふさわ》しいセレブリティのようだ。

「ホテルのショップに置かれているものがございますので、幾つかお持ちいたします」

『じゃ、頼む』

「かしこまりました。コーヒーとチョコレートでございますね」

『ああ』

「では、少々お待ちくださいませ」

お客様からの電話を切ると、ルームサービスに電話をしてコーヒーの準備を頼み、ショップへチョコを取りに立ち上がる。

私は、お客様に満足いただけるように働くこの仕事が、好きだった。

そして自分の仕事に誇りを持っていた。

ホテルマークの刺繍のあるネクタイに白いシャツ、黒のベストに裾丈《すそたけ》が普通のスーツより少し長い黒のバトラースーツという出で立《いた》ちで、コーヒーとチョコレートの乗ったワゴンを押して向かう二九〇一号室。

最高級のプレジデンシャルスイートであるこの部屋は、一泊数十万もする。

一面ガラス張りの広いリビングに、会議もできるサイドルーム、ジャグジー付きのバスに個別のシャワールーム、キングサイズのベッドが置かれた主寝室にベッドと簡単なテーブルセットの置かれたゲストルームまで付いている部屋だから、決して高い値段ではないのだが、ここに長逗留《とうりゅう》する客は少なかった。

大抵は何かの目的があって来訪し、終わればすぐに旅立ってゆく方ばかりで、一泊から三泊程度が主流だ。

その部屋に一週間も宿泊するというのだから、岩永様はかなりの金持ちということになるだろう。

ホテルにとっても大切なお客様。決して粗相のないように気を配らなければと心を引き締めてチャイムを鳴らす。

ドアはすぐに開いた。

「…岩永様、コーヒーをお持ち致しました」

現れた人物を見て、私はほんの一瞬だけ言葉に詰まった。

何故《なぜ》なら、行く手を阻むように壁に腕を付いて立っていた人物が、酷《ひど》く魅力的な人物だったからだ。

決して小柄ではない私よりも背が高く、整った顔立ちは精悍《せいかん》で、野性的な色気も漂わせている好みのタイプだ。

だがそれ以上に私を驚かせたのは、その彼が、スーツの前をはだけ、ネクタイを解き、ワイシャツのボタンを全て外した上、ズボンのファスナーを下ろして下着を覗《のぞ》かせていたからだった。

「失礼いたしました。お着替え中でしたか」

だが私もホテルマン。動揺は顔には出さない。

「いいや。これからセックスするところだった」

…出さないとも。

「然様《さよう》でしたか、入室しても？」

「どうぞ。ルームサービスは一々自分でドアを開けに来なくちゃならないのが面倒《めんどう》だな」

「セキュリティの問題でございますので」

「勝手に入って来るのを許可したら？」

「申し訳ございません、お手をわずらわせることになります」

「面倒だな」

ワゴンを押して中に入ると、広いリビングには彼の言う『セックスの相手』がいた。横座りにしなだれるようにソファに載っているのと、襟元を大きく開けたシャツを見ればわかる。

「コーヒーはどちらに？」

「テーブルへ置いてくれ」

「お一人分でよろしかったのですか？」

「ああ、こいつはもう帰る」

彼の言葉に、ソファに座っていた青年がムッとする。

「まだ何もしてないじゃない」

「ルームサービスが来るまでに勃起《ぼっき》させられたらという約束だろう？　コーヒーが来たら仕事だ」

綺麗《きれい》な顔立ちの青年は、肩を竦《すく》めて立ち上がると、衣服を整えた。

「残念。もっと遅く来ると思ったのに」

「俺《おれ》も残念さ。その気があるならまた夜に来い」

「いいの？」

「独り寝は寂しいからな」

「じゃ、六時頃《ごろ》来ます」

「ああ。じゃあな」

青年は、ちらっと私を見てからそのまま部屋を後にした。邪魔されて憎い、という顔だったが、そんなのは関係ない。私は職務を果たすだけだ。

「お前がバトラーか」

「はい。こちらのお部屋を担当させていただく、浮島と申します。何かご用命がありましたら、お電話でバトラーサービスのボタンを押していただきましたら、二十四時間、いつでも伺います」

「それがこのホテルの売りだそうだな」

彼はズボンのファスナーだけを上げてソファに腰を下ろした。

深く座り、右腕を背もたれにかけるようにのばすから、全開のままのシャツの間からは筋肉質な胸元が見える。さっきの青年が乱したのか、オールバックにした前髪が乱れて一束落ちてるのが色っぽい。

「何が出来る？」

「可能な限りどのようなことでもお応《こた》え致したいと思っております」

「可能な限り、か。都合のいい言葉だな」

「お気に障りましたでしょうか？」

「その言葉が嫌いなだけだ。『可能な限り』とか『善処します』とか『精一杯』とか。どれも曖昧《あいまい》で具体性がない」

「では具体例を申し上げましょうか？」

「ここのバトラーが優秀なのは人から聞いてる。ここに宿泊する限り、不自由はしないだろうと言われた」

「ありがとうございます。もしよろしければご紹介いただいたお客様のお名前を教えていただけますでしょうか」

「言ったらわかるのか？」

「かも知れません。私が担当させていただいておりましたら」

彼は、試すような意地の悪い笑顔を浮かべた。

「中村《なかむら》だ。中村邦雄《くにお》」

言われてすぐに四角い頑固そうな顔の中年の紳士が思い浮かんだ。

「アメリカ在住のドクターでいらっしゃいますか？」

確信はあったが、疑問形で訊《き》く。同姓同名ということもあるので。

「ほう、よく覚えてるな」

「日本はお久しぶりだということで、色々お尋ねになられておいでてしたので」

「浮島、と言ったな。お前から見て彼はどんな男だった？」

「大変ご立派な方かと」

「今のは失敗だな。客商売の人間に人物評を訊いても正しい答えが返ってくるわけがなかった」

彼は身体《からだ》を起こし、チョコレートを一つポイッと口に放《ほう》り込むとコーヒーを口にした。と、同時に
携帯の着信音が響く。

「待ってろ」

と言い置いて、彼が上着のポケットに手を突っ込む。

「岩永だ。…ああ、それはいい。書類だけ作成しておけ。金額は間違えるなよ」

手招きされるから、テーブルを回り彼の側《そば》へ寄る。

「そうだ、それでいい。出来てからまた連絡して来い」

電話を切ると、彼の視線が私に戻る。

「中村の話では、望めば部屋付きを一人に絞れるそうだな」

「はい」

「ではお前一人にしよう。さっきの格好を見て驚かないところが気に入った。顔も美しいし、同好の士というのもいい」

「…同好の士とは？」

「そういうのはわかるもんだ。お前もゲイだろう？」

にやりと笑う顔。

「何のことでしょう？」

こちらも負けじとにっこり微笑《ほほえ》む。

「その豪胆さがいい」

彼は笑い、手を伸ばして私の手を握った。

大きくて、熱い手だ。

「客の要望に応えるのが仕事なんだろう？　望んだら、どこまで相手をしてくれる？」

誘うように、指先が絡む。

この私を、遊び相手にしようというのか。バカにしてるな。

「少なくとも、キスの相手はお断りさせていただきます」

「そいつは残念だ」

「先ほどのお綺麗な方がいらっしゃるじゃありませんか」

「商売人だから退屈だがな。その点、お前は楽しめそうだ」

「ご冗談を」

絡む指の感触は魅惑的だが、私はするりと外し、一歩下がって距離をとった。

「他にご用命がなければ失礼させていただきますが」

彼は怒ることも惜しむこともなく、宙に残された自分の手を戻した。

「空気清浄器を追加で。それと延長コードを二本」

「かしこまりました」

「コンドームの用意はできるか？」

「お持ち致しましょう。お幾つ？」

「グロスで頼む。ローションもな」

「かしこまりました」

「お前が買いに行くのか？」

「はい」

「それは想像するのが楽しい光景だ。見られなかったのが残念だ」

またにやりとからかう顔をする。

だが、こういう他人をからかって遊ぶ客は彼が初めてではない。ホテルの従業員は自分より格下、日頃の鬱憤《うっぷん》を晴らす相手とばかりの態度を取る者も、少なくはない。その度に怒っていてはキリがない。

「ご想像はお客様の自由ですので、どうぞお楽しみください。それでは、また後程品物をお届けに参ります。私一人をご指定でしたら、別に料金が加算されますが、よろしいでしょうか？」

「君にその価値があればな。まあ、二日ばかり頼もうか。価値がないと思えば解除しよう」

「では二日間、承ります」

私は深く頭を下げると、彼に背を向けワゴンを押して出口に向かった。

「話し相手ならどうだ？」

その背に、もう一度声がかかる。

「その程度でしたらお相手いたします」

「じゃあその時には頼もう」

ドアの前でもう一度振り向くと、彼はこちらを見て軽く手を上げた。

確かに、外見だけならば魅力的な人物だ。けれど、中身はどうだか。

「失礼いたします」

心の中では呆《あき》れながら、礼儀正しく挨拶《あいさつ》し、退室する。

どうやらこの客は面倒な客になりそうだと思いながら。


その予感は正しく、岩永天《あまる》は面倒で、扱いづらい客だった。

オーダーされた空気清浄器と延長コードを持って再び部屋を訪れると、彼はフフな服装に着替え、サイドルームに二台のパソコンを広げて作業をしていた。

タバコをふかし、そのために空気清浄器が必要なのだということはすぐにわかった。

コードはパソコンのためらしい。

その他にも、テーブルの上にはタブレットとスマートフォンも置かれていた。

真面目《まじめ》な横顔で、モニターを見つめる横顔は、企業人としての精悍さが漂っていた。

訪れた私にも、さして興味がないように、セッティングだけをさせると、からかうことなく解放してくれた。

だが、ローションとコンドームを買い揃《そろ》えて届けた時は、私がそれを持ってきたことがおかしいのか、またからかわれた。

「君みたいな綺麗な男がこんなものを買ったんだ。店の人間は誤解しただろうな」

「この制服のまま参りましたので、お客様の要望だと察してくれたでしょう」

「自分で使う時もその格好で行くのか？」

「プライベートなことにお答えする義務はございません」

腹立たしいことに、彼の推察は当たっていた。

確かに私は男性を恋愛対象にしている人間だった。

外見だけなら、岩永は魅力的な男だとも思う。

けれど、それを他人に公表するつもりはないし、知られたいとも思わない。

世間で認められているとはいえど、職場において同性愛者はまだまだマイノリティ。働きづらくなるような情報を公開してもいいことなどないのだから。

だが彼は私をそっとしておいてはくれなかった。

「浮島はネコ？　タチ？」

怒らせようとしているのか、恥じらいを期待しているのか、不躾《ぶしつけ》な質問。

「浮島は手足も細いし、肌も白い。切れ長の目と細い顎《あご》、美人だ。これでタチだったら裏切りだな」

褒められるのは悪い気はしないが、喜びを見せるわけにもいかない。

「ご用命がなければ失礼させていただきたいのですが」

「話し相手になるんだろう？　そこへ座ったらどうだ？」

「いいえ。このままで結構です」

「君から見て私は魅力的か？」

「お客様はハンサムですから、どなたがご覧になっても魅力的だと思います」

「逃げ方が上手《うま》いな。頭のいい証拠だ」

「お褒めいただきありがとうございます」

「だからこそ、君を籠絡《ろうらく》させてみたい」

「他に何か必要なものは？」

「ない」

「では失礼してよろしいでしょうか？」

「…そうだな。今は仕事中だからいいか。また暇な時に呼び出そう」

そして解放。

だが次に部屋に呼び出された時はもっと酷かった。

『夕食を二人分頼む。一緒に酒を持って来てくれ』

連絡が来たのは午後九時。

オーダーされたディナーのコースとシャンパンを持って訪れると、彼はバスローブで迎えた。

髪も生乾きで、いかにもバスを使ったばかりという姿。

昼間の青年が夕方六時に来ると言って帰ったことと、自分が頼まれた買い物を思い出し、部屋へ入るのをためらう。

　相手もこちらの戸惑いに気づいてにやりと笑った。

「彼はベッドルームだ。リビングにセッティングしてくれれば顔を合わせないで済む」

「…かしこまりました」

　ここはラブホテルではないが、客が個室内で何をしようと、文句は言えない。

　とはいえ、他人の情事を覗き見るような行為はしたくない。

「俺は3Pでも構わないんだが、参加してゆくか？」

「謹んで遠慮させていただきます」

　私は早々にセッティングを済ませると、さっさと退室した。

　全く。

　あの男はこのホテルを何だと思っているのか。いかに金持ちか知らないが、人間性には高級感のカケラもない。

　単なる色ボケ。下半身にだらしのない男としか言いようがない。

　誘いの言葉が本気ではないことはわかっている。それほど下劣な人間ではないだろう。だが、ああいう言葉で私をからかうのは腹立たしい。

　控えの部屋に戻り、ネクタイを外してベッドに腰を下ろす。

　二十四時間オーダーを受けた者は、仮眠室のような個室を与えられる。

通常は八時間勤務で帰宅するのだが、二十四時間接客を受けた場合はこの部屋で待機するのだ。ベッドと、湯を沸かす電熱器とレンジ、小さなテーブルだけがある簡素な部屋での生活は窮屈だが、基本勤務の八時間以外は特別手当がつくので、我慢はできる。

「これ以上の呼び出しがないことを願うしかないな」

これで真夜中の呼び出しがあったら、次はどんな光景を見せられるかわかったものではない。

最初に見た乱れた服装の彼に、色気は感じた。驚きと共に、ドキリとした。好みのタイプだと。

少し乱れている姿がまたそそった。

仕事が忙しくなってから、決まったパートナーは作っていなかった。元々そんなにお盛んな方ではなかったから、別にかまわないのだが、彼の魅力は目に毒だ。

「あれでもう少し真面目だったら：」

口に出してから、首を振る。

いや、真面目だろうと何であろうと、お客様とそういう関係になることはできない。

あの性格で興味を失《う》せさせてくれるのはありがたいと思うことにしよう。

そう考えれば、彼の不埒《ふらち》な言動も許せる。

「もう呼び出しが来ないように祈るしかないな」

彼は、鑑賞用だ。

どんなに好みの男であったとしても、自分の趣味嗜好《しこう》の対象としては見ているだけでいい。

第一、彼にはあの青年がいる。決まったパートナーがいる人間は……。

「いや、商売人と言ってたか」

身体を売る商売ではないだろう。そこまでバカとは思いたくない。だが、水商売の人間ではあるのかもしれない。

そのこと一つとっても、彼は誠実な男ではないだろう。私の好みは遊んでもいいが自分には誠実な愛情を示してくれる男だ。そっち系の知人達《たち》には夢みがちだと言われるが、そんなものは個人の勝手だ。

「今のうちに夕飯を摂《と》っておくか」

ディナーの片付けのために今夜中にもう一度は呼ばれるだろうから、その時まで少し休息を取らなくては。彼ならば、真夜中でも呼び出しそうだし。

仕事に集中しておこう。

色んな感情を封印して。


夜中にディナーの食器を下げに行った時には問題はなかった。

その後は呼び出されることもなく、私もゆっくり睡眠を取ることができた。

だが朝食を運んだ時には、見たくもないキスシーンを目撃することになった。

ドアを開けてもらい、ワゴンを運び入れる。オーダーされた朝食は一人前だったので、お相手は返したのかと思っていたのだが、丁度帰るところだったわけだ。

「今夜もまた来ていい？」

「今夜はいらない。別の人間を呼んである」

「俺じゃダメなの？」

「今夜は女にするからな」

「何それ。岩永さんバイだったんだ」

「何でもいいんだよ。一人で過ごすんじゃなければな。お前の役目は終わりだ」

二人のそんなやり取りを聞きながら、テーブルセッティングをする。

通常の部屋ではワゴンを広げてテーブル代わりにするのだが、この部屋では食事の出来るテーブルがあるのでそちらにクロスをかけ、全てをセットしなければならない。だから時間がかかるのだ。

「また呼んでくれる？」

「気が向いたらな」

「じゃ、待ってるから、ヨロシク」

青年が出て行って二人きりになると、彼はいきなり背後から私をハグした。微《かす》かにコロンの香りがする。

「…お客様、セッティングができませんので、手を放していただけますか？」

「セッティングはいい。着替えを手伝ってくれ」

まあそれぐらいなら…。

「お料理が冷めてしまいますが？」

「そんなに時間はかからないだろう」

「ではお手伝いいたしましょう」

「来い」

ベッドルームへ連れて行かれると、ベッドは乱れたままだった。昨夜から今朝にかけて、ここで何が行われたか想像できる有り様だ。

けれどそれには目をくれず、私はウォークインクローゼットへと脚を踏み入れた。

七日間の長期宿泊だけあって、クローゼットの中は充実している。彼がチェックインする前に、大量に届けられた荷物を運び入れたのは私だ。

「どちらをお召しになりますか？」

振り向こうとする私を、彼は壁際へと追い詰めた。

「…お客様」

「俺には食指が動かない？」

「そういうお話はできません」

「俺は動いてる。美人で頭がいいというのは美徳だ」

「お褒めの言葉は嬉《うれ》しいのですが、お相手は出来ません」

「俺が客で、お前が仕事中だからだろう？　だが誰も見てやしない。ちょっとぐらいいいじゃないか」

魅力的な顔だ。魅力的な誘いだ。だが私は近づく顔にさっと手を当てて押し返した。

「私が見ております」

心は揺れるが、間近で見たこの顔と、手のひらに触れる唇だけで満足しておこう。

「宗教家みたいなことを言うな。『神様が見てる』か？」

「もっと現実的ですよ。あの時あんなことをしなければよかった、と後悔するのが嫌なだけです。誰が見てなくても、自分が覚えている。後悔の価値もないようなバカバカしいことで悩むのは嫌いなのです」

「俺とのセックスはバカバカしいか？」

「『誰』とは申しませんが、その気もない相手とコソコソしなければならないようなことをするのは『バカバカしい』とは思いませんか？」

「ふ…ふふ…っ。はは…！」

何がツボに入ったのか、彼はゲラゲラと笑い出した。

「いいな。気に入った。ではコソコソとしないことなら付き合うわけだ」

「お着替えは手伝いますよ？」

「いい。着替えはしない。部屋から出ないのにスーツに着替えるのは面倒だ」

彼は笑いながらクローゼットから出て行った。

「出て来い。食事が冷める。さっさと支度を終わらせろ」

勝手な。自分が引き込んだクセに。

だがこれが仕事だ。

彼を追ってクローゼットを出ると、リビングに戻り、テーブルセッティングを続けた。

カトラリーを並べ、料理を並べ、ポットから熱いスープを器に注ぐ。

「お待たせいたしました」

彼は椅子に座ると、すぐに料理に口を付け始めた。

「ではこれで…」

「待て」

「何でしょう？」

「話し相手ならすると言っただろう。もう少ししたら秘書が来る。それまでここにいろ」

「しかし」

「一人になるのが怖いんだ。ここにいろ。そこに座れ。命令だ」

何が『怖い』だ。けれど客の命令には逆らえない。

「かしこまりました」

仕方なく私は彼の前の椅子に腰を下ろした。

「失礼いたします」

「何か喋《しゃべ》れ」

「何を？」

「何でもいい。黙ったままいられては気詰まりだ。質問でも、昔話でも何でもいい」

「では質問を。秘書、とおっしゃいましたが、岩永様は何のお仕事を？」

「金融関係だ。社長をしている」

「それは凄《すご》い」

「本当はそう思ってなどいないんだろう？　お前は他人の金で心を動かすタイプに見えない」

彼は、ナイフとフォークを器用に使って崩れやすいオムレツを綺麗に口に運んだ。

所作が綺麗だ。

「そんなことはありません。こう言っては何ですが、ここは安いホテルではありません。そこに長期宿泊されるほど働いてらっしゃるのは凄いことです」

「親の金を食いつぶしてるのかも知れないぞ？」

「私は『何のお仕事を？』とお尋ねしました。それに対して社長をしているとお答えになった。ということは働いてらっしゃるということです。働くことは素晴《すば》らしいことだと思います」

「働くことが好きなのか？」

「好きです」

「他人に尽くすような仕事でも？」

「他人が私の手の上で幸福を感じられるのは楽しいですよ」

マニュアルでは、こんな答えはしてはいけない。この言い方では、お客様をバカにしているように聞こえてしまうから。

だがこの男には正直な答えを返してやりたくなった。

それに、不快に思って担当を替えてくれるならそれもいい。

「会社だって、親から継いだものかも知れないぞ？　肩書だけで、何もせず、高級ホテルでセックス三昧《ざんまい》かも」

「昨日私は岩永様がお仕事の電話をしているのを拝見しました。パソコンのセッティングもお手伝いいたしました。それに今から秘書さんがいらっしゃると伺いました。遊び惚《ほう》けてらっしゃる方とは思えません」

「ふん、観察眼はあるわけか」

「申し訳ございません」

「何故謝る？」

「お客様のプライベートを観察しているような物言いをいたしました」

「いいさ。観察しなければ的確なサービスはできないだろう。コーヒーを飲むか？」

「いいえ。結構です」

「では俺が飲むから注いでくれ」

「かしこまりました」

立ち上がり、ポットからカップにコーヒーを注いで供する。

彼は礼を言わず、カップに手を伸ばした。

食事の仕方や、他人にサービスされることに慣れている態度といい、彼は裕福な生活が身についている人間なのだろう。

「働くのは好きだ」

彼はポツリと言った。

「成果の上がることが好きなんだ」

その顔に、にやにやとした笑みはない。個人的にはこっちの表情の方が好みだな。

「何でも自分でやることが好きだ。他人の手を借りるのは好きじゃない」

「サービスは他人の手を借りるのとは違いますよ？」

「わかってるさ。人に命令をするのは気持ちいい。だが、してもらわなくてはならないのは嫌いだな」

「プライドがおありなんですね」

「そうだ。お前もだろう？」

「仕事に関しては。ですから、あなたが私をからかうのは私のプライドを傷つけます。私はバトラーとして、ホテルマンとして、あなたを満足させたい。それなのに、遊びの相手のように扱うのですから」

食事をする彼の手が止まった。

こちらの気持ちが伝わったのだろうか？

「なるほどね。料理の上手いピアニストのコンサートで、ピアノを聞かずに料理を作れと言われてる気分になるわけだ」

変わった例えをする。けれど、それはあながち的を外した例えではない。

「どうぞ、私にサービスをお求めください。そうすれば、あなたの望みを叶えましょう」

「それがセックスだったら？」

「それはサービスではありません」

「では本気で口説いたら？」

その顔に、あのにやりとした笑みが戻る。

「本気ではないのはわかっておりますが、もしも本気で口説かれたら考えましょう」

「考えるだけか？」

「考えてからでないと答えは出せません」

困ったな。

彼との駆け引きのようなこの会話が、少し楽しい。

基本的には、彼は魅力的で頭のいい人物なのだろう。

顔がよくて、立ち居振るまいが上質で、仕事にプライドがあって魅力的。それを退けるのは難しくなってしまう。

「本日は夜用のお買い物のお申し付けはございますか？」

だから、わざと彼の所業を思い出すような言葉を口にした。

「昨日買ってきてもらったのがまだ残ってる。さほど絶倫じゃないからな」

彼がだらしない男だと思い出したところで、部屋のチャイムが鳴った。

「どなたかいらしたようですね」

「ホテルの人間でなければ秘書だろう。キーを渡してあるのはそいつだけだ」

そうだった。ここはエレベーターで止まるのさえ、キーが必要なフロアだった。単なる外来者はフロントから連絡がなければ案内されることはない。

「ではお招きいたします」

私は立ち上がり、入山のドアを開けた。

「いらっしゃいませ」

戸口に立っていたのは、確かに秘書然とした、眼鏡《めがね》の似合う硬い感じの男性だった。

「岩永様はただ今お食事中でございますが、どうぞお入りくださいとのことです」

「…君は？」

探るような視線。

「ホテルのバトラーでございます」

答えると、相手は納得したという顔になった。

「江田《えだ》、入って来い」

「はい」

江田と呼ばれた秘書は、私に一礼するとスタスタと奥へ進んだ。背筋を伸ばした速足は、彼が仕事の出来る人間だと思わせた。

「朝食は摂ったのか？」

「社長が遅すぎです」

「昨夜は遊んだからな」

「…まさかホテルの従業員となんて言わないでくださいよ」

岩永に近づいた秘書が小声で尋ねる。

「聞かれると怒るぞ。誘ったが断られた」

…聞こえてるさ。だが怒るものか、彼もまたホテルの客だ。だがこの秘書は主《あるじ》のご乱行をご存じなわけだ。

「浮島、コーヒーを頼む。それと、風邪の薬を」

「お風邪ですか？　すぐにベッドへ入られた方が…」

秘書は心配そうな顔をした。

「対したことはない。ちょっと熱っぽいだけだ。薬で治る」

「しかし大事になっては…」

「大事にならないために薬を頼むんだ。お前は心配性だな」

まったくだ。この立派な身体の持ち主が、風邪など引くものか。だが主を気遣う秘書というのは悪くない。秘書の忠義と、忠実な部下を得られた上司というのは見ていて気持ちがいい。

「岩永様はアレルギー等は…？」

「ない。市販薬でいい。念のためだ」

「かしこまりました。すぐにお持ちいたします」

いつまでもここにいては不味《まず》いと思っていたので、私はすぐにオーダーに応えて部屋を出た。

こんな時間から秘書が来るということは、彼はここで仕事をするつもりなのか。

いけないと思いつつも、少しずつ岩永に興味を抱いている。

その気持ちが大きくなる前に、距離を取り直した方がいいだろう。興味は好意に繋《つな》がる。それはあの男に対して、あまりいいものではないだろうから。

クローゼットでのバカ笑いの後、岩永はもう私に性的なちょっかいは出して来なくなった。

というか、その後は何時行っても誰かが部屋にいたので、からかう暇もなかったという方が正しいだろう。

コーヒーと風邪薬を届けた時には秘書がいた。昼食のオススメを聞かれたので、十六階のレストランを教えると、二人分の予約を頼まれた。

どうやら同席者は秘書だったようだ。

午後に再びコーヒーを頼まれ、伺うと、そこには外国人の男性が二人同席していた。

その二時間後にまたコーヒー。今度は先ほどとは違う外国人。何《いず》れもビジネスマン風の人間だ。

ターンダウンは断られたので、次に部屋へ足を踏み入れたのは夕食時。

ディナーは部屋へ二人分運ぶように言われ、その時には秘書の姿はなかった。

今度の相手は遊び相手らしい若い男だ。けれど、昨夜の人間とは別人だった。

酒と、靴磨きとワイシャツのクリーニングを頼まれた時には、相手は既に寝室に消えていた。

翌日も大体同じようなスケジュールだ。

朝、昨晩の相手を送りだし、朝食は私相手に会話をし、秘書が来たら帰される。日中は秘書を従え、来客と仕事を行い、夕方からは遊び相手を招き入れる。しかも毎日違う相手を。

どうやら、彼はここで仕事をしつつ、遊びも楽しんでいるらしい。

価値がなければオーダーは解除する、と言われていた部屋付きのことだが、そのまま継続された。

「お前はプロだからな。それに、対応が面白《おもしろ》い」

と言って。

朝食の時の会話で、彼がファンド系の会社の社長であることがわかった。

来客はどうやら会社の顧客で、先輩のバトラーに伺ったところ、こういうことはよくあることらしい。

「高級ホテルに宿泊しているというだけで、そこの会社の経営状態が良いと思われる。パソコンで何でもできるからといって小さなオフィスを構えると、客は小さな会社だと思うだろう？　高級ホテルで迎えれば、金持ちと思われるわけだ。こんなに金が使えるほど儲《もう》かってるのか、と」

なるほど。

「この手を使うのは、新しい会社が多いな。老舗《しにせ》ならば人脈で信用を得られるが、新規だと多少のハッタリも必要だから」

その言葉を裏付けるように、彼の部屋のサイドルームはパソコンや書類で、オフィスの様相をなしていた。

来客の度にコーヒーをオーダーされ、仕事中の彼の顔を見る。良く通る声と自信に溢れた横顔は、鑑賞物としては最高品だった。

「会社をお持ちになるのでしたら、リヒテンシュタインはどうです？」

「海外ですか？」

「あそこは所得税がない。利益をプールさせるための会社を作るにはもってこいですよ」

「ペーパーカンパニーかね？」

「合法的に金を稼ぎ、保持するための方法を売るのが我々の仕事です。興味がおありでしたら、専任の者を紹介しましょう」

なんて会話を漏れ聞くと、ビジネスマンだな、と思う。

特に貧乏な生活をしてきたわけではないのだが、私は金を稼ぐことは好きだ。立派なことだと思っている。けれど世間では金を稼ぐことがみっともないとかガツガツしてるとか評されてしまう。

勤勉は称賛されるのに、金を稼ぐことに対する勤勉さは下卑《げび》ていると思われがちだ。

なので、岩永のお金を稼ぎましょうと胸を張る態度は、ある意味清々《すがすが》しさを感じた。

それの何が悪い？　という態度が。

彼の遊びはどうかと思うが、仕事をしている姿は認めるべき姿勢だと思った。

覇気のある男だ。

だが、やっぱり彼は鑑賞用だ。しかも部分的な。

『ディナーは三人分で頼む。グラスも』

そう言われた時、今夜は珍しく仕事が長引いたのかと思った。

ならば鑑賞出来る方の岩永が見られるだろう。ちょっぴり期待したと言ってもいい。

だが、三人分のセッティングでは時間がかかるので、もう一人のバトラー赤木《あかぎ》の助けを借りて部屋に向かい、ドアを開けた途端の落胆ぶりは大きかった。

もちろん、顔には出さなかったが。

「凄い、ホントにバトラーだ」

ちょっと頭の軽そうな、派手《はで》な格好の顔のいい男が一人。

「二人ともハンサムだわ」

そしてもう一人、下着姿の女性。

「セッティングが終わるまで、おとなしくしてろ」

そしてその二人を両脇《わき》に置いた岩永。

…3Pか。そしてバイだったのか。

私は既に慣れているが、連れてきてしまった赤木が可哀想《かわいそう》だった。

たかが料理のセッティングだからと、入社一年目の新人を連れてきたのだが、彼は女性の下着姿が直視できなかった。

「お寒くございませんか？」

と女性に声をかけてから岩永を見る。

わかれよ、という視線を向けると、彼は気づいて笑った。

「私は平気よ」

「ミカ、何か羽織ってこい。二人が童貞だったら可哀想だろう」

厭味《いやみ》っぽいセリフだが、一応注意はしてくれた。

「はぁい」

彼女の方も、間延びしたバカっぽい返事ではあったが、素直に席を外してくれる。

「お美しいですから眼福でした」

赤木にフォローは期待できないので、戻った彼女に世辞を言って微笑み、セッティングを終える。

「それではどうぞ、ごゆっくりお楽しみくださいませ」

部屋を出ると、赤木は大きくタメ息をついた。

「…こういうこともあるんですね」

「そうだな。外国人だとキスやハグも平気でするから、スルーする技能も身につけておけよ」

「外国人だったら俺だってもうちょっと気構えてますよ。でも下着姿は…。やっぱりあれって恋人って言うよりそっちの人ですよね？」

「お客様のプライベートには口出ししない。鉄則だぞ」

「わかってますよ。でも、最高級のホテルで最高級の部屋に泊まる最高級の男って、やっぱり遊びも違うんだなって思いません？」

「赤木」

「…すみません」

だが彼の気持ちもわからないではない。

部屋に連れ込む相手が毎日違うとわかったら、こいつはもっと驚くだろう。

「もう自分の仕事に戻っていいぞ」

赤木を帰してから、私は控室へ戻った。

今夜は三人か…。

呆れ返る節操の無さだ。自分も人並みに性欲はあるが、毎日というのも、３Ｐというのも理解不能だ。余程精力絶倫なのか、そういうことが好きなのか。

そんなわけで、彼の評価は仕事をしている姿はカッコイイと思いつつも、マイナス面の方が大きかった。

彼が逗留して四日目。

あと三日の辛抱だ。あと三日すればこのやっかいな客も帰る。

「いや、こんなこと考えちゃいけないな」

どんな客であろうと、誠心誠意のサービスを提供しなくては。

それが自分の仕事なのだから…。


翌朝、いつもの時間になっても朝食のオーダーの電話はなかった。

さすがに二人を相手にして疲れたのかと思っていると、十時近くになって電話があった。

『スープとミネラルウォーターの追加。それと風邪薬とマスクを頼む』

「お風邪ですか？」

『多分な。すぐに頼む』

「ホテルドクターをお連れしましょうか？」

『いい。頼んだぞ』

説明はしてくれなかったが、体調が悪いのか。そういえば、何日か前にも風邪薬を調達するように言われたっけ。

「スープと水と薬にマスクか…」

今日はおとなしい岩永が見られるかもしれない。

そう思っていたのだが…。

頼まれた物を持って部屋を訪れると、岩永は髪を整え、スーツを着て迎えてくれた。

朝は、朝食を終え、秘書が来てから身支度を整えるのが常なのに。

「スープ、お持ちいたしました」

「テーブルに置いてくれ」

険しい顔。

「…お加減が悪いのでは？」

「ああ。熱があるようだ」

「ベッドへ…」

「これから仕事だ。それとも初めて俺を誘ってくれてるのかな？」

軽口を叩《たた》いてはいるが、表情は硬いままだ。顔色もよくない。

「お休みになられた方がよろしいのでは、と申し上げているのです」

「休めれば、な。もういい、行ってくれ」

「何かお手伝いすることはございますか？」

「ない。あれば呼ぶ」

スープカップをテーブルの上に置くと、彼は持ってきたミネラルウォーターを中に流し込み、薄めたスープを一気に飲み干した。

「薬」

慌てて持ってきた薬を取り出し、彼に手渡すと、残った水でそれを飲んだ。

「一回分じゃ足りない」

「これはホテルの物なので」

「じゃあ、後で一箱買って来てくれ。メシを食わなくても飲めるものがあればそれを」

お客様のプライベートに、必要以上踏み込まない。お客様が必要ないというならば、こちらから手を出すのはサービスではない。

ならば黙って引き下がるしかない。

「わかりました。では、何かございましたら、何時でもご連絡を」

部屋を出て行こうとした時、丁度秘書の人がやってきた。

これなら別に心配することはない。

「失礼いたします」

ほっとして、秘書に後を譲った。

お客様の体調を気遣うのも仕事の内。

とはいえ、気になった。らしからぬ彼の真剣な顔が、余裕がない表れに思えて。

…ちょっとカッコイイと思いはしたが、それとこれとは別だ。

午後、遅い昼食はサンドイッチとスープをオーダーされた。

買ってきた二種類の風邪薬を持って部屋へ行くと、岩永はまだ仕事モードだった。

「食事の時ぐらいお休みになってください」

これは秘書のセリフだ。

「いい。今日が終わったら休む。明日は休日だしな」

「ですが…」

「そんなことより、ウィルソンが来る前に書類を揃えておけ」

「…わかりました。その代わり、今夜は誰も手配しませんよ」

「ダメだ。誰か寄越《よこ》せ」

「何言ってるんです。そんな体調で相手ができるわけがないでしょう。今日はゆっくり休んでください」

「江田」

「社長の体調管理が私の仕事です。これ以上私に情けない思いをさせないでください。言うことを聞いていただけないのでしたら、すぐにでも病院に移っていただきますよ」

「…クソッ」

毒づきはしたけれど、彼はおとなしく引き下がった。

意外だった。夜のお相手は秘書が用意していたのか。そしてワンマンっぽいのに、秘書の言うことは聞くのか。

その日の来客は二組。

コーヒーを運んだ時に様子を見たが、岩永は体調の悪さを微塵《みじん》も見せず、いつもの余裕の笑みで対峙《たいじ》していた。

薬を飲んで治ったのか、それだけ精神力が強いのか。

どちらにしろ、仕事に対しては真摯《しんし》な人間らしい。

少し見直した。

だが彼を本当に見直したのは、夜に入ってからだった。

いつもなら秘書が帰り、彼のお相手が来る頃、岩永は二人分のコーヒーと、うどんを一人前オーダーした。

うどんは体調が悪いからだろう。だがコーヒーが二人分だったので、秘書があれだけ言ったのに、誰かを呼んだのかと思っていた。

けれど、そうではなかった。

「座れ」

いつものリビングではなく、サイドルームに食事を運ばされ、いきなりの命令。

テーブルの上にはまだパソコンが開かれていた。

「コーヒーはお前の分だ」

「私の、ですか？」

「そうだ。座ってるだけじゃ退屈だろう。コーヒーでも飲んでろ」

「しかし…」

「命令だ。俺がいいと言うまでそこにいろ。客の用命には応えるんだろう」

昼間虚勢を張っていた分、体調は悪化したらしい。その顔は疲れ、髪も乱れている。

「お客様のお部屋で飲食は禁じられております」

「何もせずに座っていられる方が気分が悪い。俺のために飲め」

「…わかりました」

断るべきだ。

たとえオーダーであろうとも、客からの飲食の提供はトラブルの原因になるから固辞しろとマニュアルにも書かれている。

だが、彼の体調が心配で、断ることはできなかった。

「何か喋れ」

視線をモニターに向けたまま、彼は命じた。

「お仕事、まだ終わられないのですか？」

「…今日は効率が悪くてな」

「やはり体調がお悪いんですね」

「風邪だ」

「では手を止めて、ちゃんとお食事をなさってください」

「仕事は放り出せない」

「だからこそ申し上げるのです。無理をしたまま続けるより、ちゃんと食事をして、水分補給をしてからの方が効率は上がります。水は飲みましたか？」

「飲んでない」

忠告したのに、彼はパソコンに向かったままだった。

「お仕事はすぐにやらなければならないものですか？」

「今日中に終わらせればいいが、さっさと済ませたい」

「わかりました」

私は席を立つと、備え付けの冷蔵庫からイオン飲料を持ってきて、彼の目の前にドンと置いた。

「飲みなさい」

態度が悪いと交替を命じられるのならば命じられてもいい。

「さあ、パソコンをスリープにして、食事をするんです」

「何を…」

「あなたが仕事をしたいというのなら止めません。ですが無理をしても仕事ができるわけはないんです。休む時は休んで、働く時に働く。それが効率のいいやり方です」

「…言うな」

「退室しろ、と言われれば退室しますよ」

「いや、側にいろ。言う事は聞いてやる」

彼はパソコンの置いてある席からずれて、うどんを食べ始めた。

「…あまり美味《うま》くない」

「熱が高くて、舌が不味くなっているのでしょう。無理でも食べてください。でないと、薬が飲めません」

「おっかないな」

「言うことを聞いてくだされば、優しくしてあげますよ」

「どんなふうに？」

「お楽しみです」

「ふ…、お楽しみか」

零《こぼ》れる、という感じの微かな笑み。

こんな顔もできるのか。

「じゃあ、今晩俺が眠るまではここにいろ」

「そういうお相手はしませんよ」

「残念ながら、今夜はその元気がないな」

「それは幸いです」

のろのろとした箸《はし》づかい。

普段強い男が弱っているという姿に心が動く。

しっかりと上げていた前髪も、今は乱れて、少しウエーブのかかった一房が零れている。以前も、あそこが一房落ちていたっけ。触れたことはないが、きっと彼の髪質は硬いのだろう。だから崩れてしまうのだ。

思い立って席を立つと、彼はハッと顔を上げた。

「どこへ行く。まだ退室していいと言ってないぞ」

「出て行くわけではありません。いいから食べてなさい」

「…命令するのか」

「食べていて『くださいませ』」

子供だな。

ちょっと可愛《かわい》いとか思ってしまうではないか。

私は洗面所へ行くと、熱いお湯でタオルを濡《ぬ》らし、硬く絞ってから彼のいる場所へ戻った。

「そのまま食べていてください」

と言い置いて彼の背後へ回り、熱さを確認してからタオルを彼の頭に当てる。

「何をしてる？」

「ムースを取るんです。そのご様子では、今日は入浴は無理でしょうから」

よく蒸らしてから、そっと髪を拭《ぬぐ》う。

「…気持ちいいな」

気持ちよくしてあげたい。

今の彼は、尽くす甲斐《かい》がある人物だ。

「もう食いたくない」

「まだ半分残ってます」

「食いたくない。鶏肉《とり》の油が不味い」

うちのシェフが不味いと言われるようなものを作るわけがない。だが、動物性の脂に敏感に反応するほど、舌が不味いのだろう。

「…では水を飲んでください。それは一本全部飲むんですよ」

彼はペットボトルを手にすると、フタを開け、一気に飲み干した。

「飲んだぞ」

…本当に子供みたいだ。

「結構。では薬を飲みましょう。どこへ置きました？」

「冷蔵庫の上のボードの中だ」

「持ってまいります」

頭を綺麗に拭って薬と水を取って戻ってくると、彼は既にパソコンに向かってキーを叩いていた。

「はい、薬です」

「ん」

今度は素直に薬を受け取り、飲んだ。

「これでいいな」

「結構です。どうぞお続けください。ああ、ちょっと待って」

緩められたまま、首にぶら下がっていたネクタイを取ってやる。

「今、替えの上着をお持ちします。スーツでは肩が凝るでしょう？」

「脱げばいい」

「それでは寒くなります。クローゼットを開けてよろしいですか？」

「好きにしろ」

他人に何かをさせることに慣れているのだろう、彼は文句を言わなかった。

クローゼットへ行き、中を吟味する。

ワイシャツも脱がした方がいいだろう。ではインナーとカーディガンがいいな。下も履き替えさせたかったが、ラフなパンツは見当たらなかった。仕方がない。今履いている一本は後でプレスに出せばいい。

「さ、こちらを向いて」

部屋に戻り、彼をまたパソコンから引き剝《は》がす。

「優しくしてさしあげますよ」

座らせたまま、彼の上着を取り、ワイシャツを脱がせる。

筋肉の張った彼の身体は、美しかった。

けれど今は鑑賞している暇はない。

「バンザイして」

「シャツぐらい自分で着る」

ムスッとして私の手からシャツを奪うと、逞《たくま》しい身体が服の下に消える。

「これも羽織ってください」

カーディガンを着せることには抵抗しなかった。

腕を通させ、袖《そで》を整える。

「サービス満点だな」

「バトラーですから」

「誰にでもするわけだ」

「あなただけ特別です、と言って欲しいですか？」

「言って欲しいな」

意外なほど素直な言葉に、苦笑する。

「あなただからですよ」

まずいな。

傍若無人で不埒な男に心は動かないが、素直で勤勉な男には心が揺らぐ。

「あと二本メールを送ったら、休む。だから見えるところに座ってろ」

「かしこまりました」

止めることはできないとわかっていた。

この男ならば、どんなに具合が悪くても、やるべきことをやってからでなければ倒れることもできないだろうと。

夜の遊びが盛んでも、仕事にそれを持ち込んだ姿は見たことがなかった。人をからかって楽しんだこともあったが、仕事中は真剣そのものだった。

カチャカチャというキーボードの音を聞きながら、冷めかけたコーヒーを口に運び、彼を見つめる。

いい男なんだよな。

好みと思いつつ自分の心にブレーキをかけていたのは、彼がちゃらんぽらんで、下半身がだらしない男だというところだった。

けれど、今目の前にいる男にはそんな素振りは微塵も感じない。

不調を押してまで仕事に集中し、子供のように意地を張ったり甘えたりする、可愛い男にしか見えない。

仕事場で客として知り合ったのでなければ、それなりの対応をしたかもしれない。

彼のあの大きな手に触れられるのは、きっと心地いいだろう。

…いや、考えてはいけないことだ。

彼に尽くすのは、彼が好きだからではなくこれが自分の仕事だから、でなければ。

「終わった」

ほうっ、と長いため息をついて、彼がパソコンを閉じる。

「ご苦労様でした」

「もう動きたくない」

「ベッドまでは行ってください」

「手を貸してくれるか？」

「歩けないわけじゃないでしょう？」

「優しくしてくれるんじゃないのか？」

意地の悪そうな笑い。

いつもの顔だが、どこかやつれた感じが見える。

「仕方ないですね。変な真似《まね》はなさらないでくださいよ」

手を貸すと、彼の腕が肩に回る。

寄りかかって来た身体は、少し熱かった。

けれど足取りはしっかりしていた。

「辛《つら》い時には辛いとおっしゃってよろしいんですよ」

「言って何かが変わるわけじゃないだろう」

「私の態度は変わります」

「…辛くはない」

水を向ければ折れるかと思ったのに、この人は…、本当に可愛い。

ベッドまで連れてゆき、座らせる。

「足を出して」

靴下を脱がせ、布団の中へ押し込む。

「それでは、ごゆっくりお休みください」

これでお役御免、と思ったのだが、彼の手は私を捉《とら》えた。

「待て」

熱い手が、私の手を握る。

「ここにいろ」

「…ベッドへは入りませんよ」

「眠るまで側にいろ」

「そんな子供みたいな」

「いいからいろ」

子供みたいだと口に出したのに、彼は引き下がらなかった。

「かしこまりました。では椅子を持って参ります」

気弱になっている。

体調が悪いからなのだろうか？　ひょっとして、今まで風邪を引いたこともなかったとか？

「さあ、側に来ましたよ。おとなしくしてらっしゃい」

「…何だその物言いは」

「子供みたいだと言っても否定なさらなかったので、子供扱いしているだけです。弱音を吐かないとおっしゃるなら、私が弱くしてさしあげます」

彼はクックッと笑った。

「お前は…、中村の言った通りだな」

「中村？　最初に言ってらしたドクターのことですか？」

「ああ。彼からここを紹介された。実を言うとお前のことも」

「私を？　でもご指名ではなかったですよね？」

「ああ。ゲームをした。もし意図的ではなくお前が俺に付いたら、それが運命だから少し観察してみようと」

「運命と観察とは、そぐわない言葉ですね」

彼はベッドの中から手を差し出した。

握れというのだろう。私は黙って手を取ってやった。

熱い。

「彼はお前が仕事熱心だと褒めていた」

「それはありがたいお言葉です」

「望むこと以上のことをしてくれるし、見ていて気持ちのいい男だとも言っていた。だから、会ってみてはどうかとな」

氷を持って来た方がいいだろうか？　けれど彼はこの手を放すことを許さないような気がした。

「観察なさってどうでした？」

「頭がよくて、強くて、美人だ。今こんな状態でなかったら、この手を引っ張ってベッドに引きずり込みたいぐらいに気に入った」

「最後の言葉は聞かなかったことにしましょう」

「…お前は、仕事が好きか？」

「好きです」

「もし俺が、お前から仕事を取り上げたらどうする？　クレームをつけてクビにさせるとか」

また私で遊ぼうとしている。だが弱っているよりはその方がいい。

「戦いますよ」

彼らしい。

「戦う？」

「どんな状況に追い詰められようと、できるだけのことはします。そのための努力は惜しまない。それに、一人のお客様のクレームでクビになるような仕事はしていないつもりです。ですから、自分の有益性をホテル側に訴えます。そしてあなたには、何が失礼だったのかを伺い、納得したら土下座をしてでも謝罪します。納得しなければ、こちらの意図を説明します」

「…どんな状況に追い詰められても、か。かっこいいな」

弱っている姿は可愛いと感じたが、したたかにプライドを高く持っている彼の方が好きだ。

「納得していただいたら、トラブルを挽回《ばんかい》するために誠意を尽くしてサービスさせていただきます」

「俺が嫌いなのに？」

「嫌ってはいません。大切なお客様です」

「客ではなかったら？　俺を一人の男として見たら？」

雰囲気に流されるな。

一流のホテルマンなら、ここで本音は言わない。上手くかわすべきだ。

「気に入ってます。いい男だと」

けれど私はまだ未熟で、本音を口にしてしまった。

「生活態度はだらしないと思いますが、あなたは魅力的だ。仕事をしてらっしゃる横顔は、惚《ほ》れ惚《ぼ》れしますよ。金で相手を揃えるのは大嫌いです。ああいうことをするなら、せめて恋人となさるべきだ」

「あれらは一応俺の恋人だ」

「嘘《うそ》ばっかり。最初に商売の方だとおっしゃってたでしょう。覚えてますよ」

「彼等《ら》は俺の恋人という仕事をしている」

「…呆れた」

私は握っていた手を放した。

「浮島」

「子供っぽいとは思いましたが、恋愛と肉欲の区別もつかないとは」

「子供っぽいのはそっちだろう。お前が純愛を夢見てるとは知らなかった」

彼はムッとした顔でこちらを見上げた。

「成熟した恋愛を決められた時間内で楽しむのは大人のたしなみだろう」

「それは遊びと言うんです。恋愛はもっと真摯でなければ。楽しみという言葉だけで色々相手を変えるのは、子供のつまみ食いと一緒です。恋愛ではない。自分の愛する人間を他人と共用できると考えてるうちはね」

「…そうだな。お前を手に入れたら、他人に取られるのは腹立たしいだろう」

ふっと、緩んだ表情に胸が高鳴る。

ギラギラとした艶《なま》めいた色気ではなく、切なくなるような色気を感じて。

「もう寝る。手をもう一度握ってくれ」

「…いい子にしているならね」

「約束しよう」

再び手を握ると、彼は静かに目を閉じた。

こうしていると、まるで彼が自分のものになったような気分になる。

狡《ずる》いよな。

こんなに色んな顔を見せて私を魅了しておきながら、彼が私を見ている目は『優秀なホテルマン』か『からかい甲斐がある玩具《おもちゃ》』程度なのだから。

彼を好きになってはいけない。

私はもう一度自分に言い聞かせた。

彼は客で、去ってゆく人だ。

こんなことを考えること自体、もう好きになってる証拠だとわかっていても。

やがて私の手を握る彼の手から力が抜けると、私はそっと手を抜いた。

本当は一晩中付いていてあげたかったが、これが自分の立場だ。

だからその場を離れた。

「おやすみなさい」

熱い額にそっとキスを贈って。


翌朝、いつもと同じ時間に電話が入るまで、私の気持ちは落ち着かなかった。

何時呼び出されてもいいように、眠りは浅かった。

『すぐに来い。何も用意しなくていいから』

と言われ、反論することなく真っすぐ彼の部屋へ向かった。

本来ならば、内側からお客様にドアを開けてもらわなければならないのだが、相手が病人だからと自分に言い訳して、マスターキーで中へ入った。

電話はベッドの中からかけたのか、岩永はまだベッドの中にいた。

「おはようございます。勝手に入室して失礼いたしました」

「いや、いい。ドアを開けに行くのも面倒だった」

「お加減はいかがですか？」

「昨夜よりは楽な気がする」

「お食事は？　召し上がられますか？」

「そうだな。粥《かゆ》でも作ってもらおう」

「かしこまりました。それと、ドクターをお呼びになってください」

「医者はいい」

「子供みたいなことをおっしゃらないで。自己管理は経営者の努めです。社長でしょう」

「自己管理か…。そうだな」

起き上がろうとする彼に手を貸し、背中に枕《まくら》を当てる。

「では、お呼びしてよろしいですね？」

「今日、ずっと側にいてくれるなら」

「またそんなことを」

「ただいるだけでいい」

彼の側にいるのは危険だとわかっていたが、望まれることが嬉しい。

「…わかりました。その代わり、すぐにドクターを呼びますよ」

「好きにしろ。ああ、向こうの部屋からパソコンを持ってきてくれ」

「仕事をなさるんですか？　会社はお休みでしょう？」

「金融市場は生き物だからな。チェックは必要だ。持ってこい」

「かしこまりました」

彼に意見などできない。それは私の仕事ではない。

言われるまま、パソコンを持って来ると、彼がそれをチェックしている間にドクターを呼びに行った。

昨夜の内にフロントに彼の具合が悪いことは知らせていたので、レストランで頼んだ粥を食べさせている間に、マネージャーとドクターを連れて戻って来る。

診断は風邪。

疲労もあるのだろうということで、一日ゆっくり休むことを言い渡されていた。

「たまにはゆっくりした方がいいですよ。ご家族か秘書の方に連絡を入れましょうか？」

「いい。たかが風邪だ。君が側にいてくれれば、それでいい」

まるで口説き文句だ。

昨日までなら、鼻先で笑えたものが、今日は上手く笑えない。昨夜、揺れた気持ちがまだ治まらなくて。

「昼食も一緒にここで摂れ」

「私はお客様と一緒に食事はできないと、何度も申し上げたはずです」

「俺を一人にする気か？」

「また子供みたいなことを」

「浮島と一緒にいたいんだ」

そんな言葉に少しばかり期待した。

彼と二人で過ごす長い時間というものに。もしかしたら、もっと彼を知ることができるのではないかと。

彼を独り占めできるのではと。

だがそんなことはできなかった。

「社長」

昨夜の体調の悪さを心配した秘書が、彼の下を訪れたから。

「大丈夫ですか？」

ベッドの傍らの席を、秘書に譲る。

「心配ない」

岩永の視線は、私から秘書へと移り、私はベッドルームの隅へ移動する。

「病院に連絡した方が…」

「もうホテルが医師を呼んだ。風邪だそうだ。お前は心配し過ぎだ」

「ですが、大切な…」

「江田。俺はここに休息に来てるんだ。くだらないことを思い出させるな」

「申し訳ございません」

岩永は、私をちらりと見た。

「行っていいぞ、浮島。用があったらまた呼ぶから」

「かしこまりました。それでは、失礼いたします」

別の人間が来たら用済みというわけだ。

それが当然だとわかっているのに、少し胸が痛む。

私に側にいて欲しいと言ったクセに、一緒に食事をとまで命じたクセに、もうそれを忘れたのかと恨んでしまう。

そんな考えは、ホテルバトラーとして、してはいけないことなのに。

ゆっくりと、砂に立てた棒が傾いてゆくように、自分の心が彼に傾いてゆく。

いいことなど一つもないとわかっているのに、彼には誠実さもなければ私への気持ちもないとわかっているのに、もう一度求められたいと願ってしまう。

ましてや、彼は明日にはチェックアウト。もうこのホテルからいなくなる人なのだ。

「だから誠実さのない男は嫌いだ……」

かき乱すだけかき乱して、勝手に消えてしまう。己が何をしたのかも無自覚のまま。

沢山いる遊び相手と同じように私を扱って、ホテルから出て行けば私という存在も忘れてしまうだろう。

これは仕事。

もう何度目になるかわからない言葉をまた繰り返す。

彼を格好いいと思っても、真剣に横顔に見惚れても、弱った微笑みに心が動いても、それはプライベートな関係には結び付かない。

深みにはまれば、傷つくのは自分だけだ。

制服を着ている限り、私は客前ではホテルの従業員に過ぎない。そのことを忘れないようにしないと。

控えの個室に戻り、上着を脱ぐと、ベッドに身体を横たえて、目を閉じた。

眠るためではなく、自分だけのものだった昨夜の彼を思い浮かべるために。

その記憶は、夢のようなものなのだと思い知るために。

私は優秀なホテルマンだ。

バトラーとして働くことにやり甲斐を見いだし、それを努めることが有意義だと感じている。

それが一番であり、唯一の信条。

だから、その日彼からいつものように何度か呼び出しを受けても、冷静に対処した。

にこやかに微笑んで、仕事を遂行した。

そうしていなければ、傾く心を止めることはできないと思って。

だが身構えずとも、秘書が彼の身の回りの世話を焼き、ずっと傍らに付き従っていたので、会話はいつもより少なかった。

時折言葉はかけられたけれど、事務的なものばかりで、からかわれることもなかった。

頼まれるのは、事務的で当たり前のことばかり。食事、飲料の調達、クリーニングの依頼、明日出立するということで、荷造りの手伝い。

その間、ずっと秘書が同席している。

ほっとしながらも、どこかで寂しいと感じる気持ち。

今日が、最後だった。

彼と二人きりになるチャンスは。

どこかでまだ彼が自分を口説くのではないかと期待をしていた。ホテルを出て行けば、客と従業員の関係ではなくなるから、外で会おうと言われるのではないかと。

だがそんなことはなかった。

「浮島に嫌われたくないからな、おとなしくしてるよ」

ベッドでタブレットを見ながら、そんな言葉をかけられた程度だった。

「お客様を嫌ったりいたしません。ですがおとなしくしてらっしゃるのはよいことですね。早くお身体を復調なさってください」

これでいい。

この程度でいい。

「今夜は……」

何か言いかけた彼の言葉に被《かぶ》せて、秘書が叱《しか》るように言った。

「今夜は私が泊まります。社長におとなしくしていただくためには、監視が必要なようですから。お相手も手配してませんよ」

「江田じゃ色気がない」

「当然です」

彼の最後の夜が、他人のものではないのなら、それもいいだろう。

「ではエクストラベッドをお入れいたしましょうか？　ゲストルームもありますが同室の方がよろしいでしょう。岩永様と同じベッドでも十分な広さはございますが、何分ご病人でいらっしゃるので」

「入れてください。私は男性と同衾《どうきん》する趣味は持ち合わせておりませんので」

この堅物そうな秘書がそういう手合いではないとわかっているのに、そんな言葉でほっとする。

「ではのちほどお運びいたします」

もやもやとした気持ちを抱いていても、今夜一晩が過ぎれば、全てがリセットされるだろう。対象物がいなくなれば、気持ちも落ち着く。

彼が、少し上質の男だったから。強さを誇示しながら、私にだけ少し弱った姿を見せたから。らしくなく心が傾いただけだ。

彼は鑑賞物だと自分で決めただろう。

鑑賞する物に心をときめかせても、何も起こらない。近づけば失態を犯す。

だから、このまま彼が去ってくれるのを祈るだけだった。

これ以上、私を脅やかすことなく、目の前から消えてくれることを…。


翌朝、朝食の席にも秘書が同席していた。

食欲は戻ったらしく、オーダーされたのは通常の朝食メニューだった。

「お加減はいかがですか、岩永様」

と問う私に答える彼の姿はもう平静を取り戻していた。

「すっきりしたよ。一日ベッドの中にいながら動かなかったからな」

「ベッドは安静にして睡眠を取る場所ですから」

「俺にとっては運動の場だった」

弄《もてあそ》ぶ言葉も、元の通りだ。

「ではお考えてを改めて、暫《しばら》くはベッドを休息の場になさることをお勧めします」

「退屈なことだ」

髪は、もう既にきっちりと上げられ、スーツに身を包み、最後のコーヒーをたしなんでいる。その姿は高級なこの部屋にぴったりと嵌《は》まる光景だ。

深く椅子に座り、軽く足を組み、口元に優雅な笑み。

この姿も、もう見納めかと思うと指先に僅《わず》かな痺《しび》れが走った。

「お荷物は、いかがいたしますか?」

「江田、お前は先に荷物を出しておけ。俺は後から直接会社へ向かう」

「ご自宅に送付でよろしいですか?」

「ああそれでいい。浮島、ベルキャプテンを呼んでくれ」

「かしこまりました」

うちのホテルはエグゼクティヴフロアのサービスの係は全てバトラーなので基本ベルキャプテンはいないのだが、お客様の間違いは指摘せず、すぐに別のバトラーを呼び出した。

置かれていた多くの荷物をワゴンに積み、自分も一緒に出て行こうとすると、彼はそれを止めた。

「浮島、君にはもう一つ頼みたいことがあるから残ってくれ」

「はい」

彼がここで過ごすために持ち込まれた服や、靴や、パソコンや、全ての物が運び出されてゆくと、部屋は一気に色を無くした。

彼の色で満ちていた空間が、再び新しい『誰か』を迎えられる色のない客室に戻る。

「御用は？」

その何もない部屋に二人きりで残され、居心地が悪くなり、早く解放されようと彼に問いかけた。

「君に礼を言おうと思ってね」

「お礼、ですか？」

「いい仕事をしてくれた。浮島を見ていて勇気が湧《わ》いたよ」

「あなたほどの方が今更勇気を出す必要などないでしょう」

「俺は臆病者《おくびょうもの》なんだ」

「ご謙遜《けんそん》を」

「謙遜なんかじゃない。事実さ。だが今は何も言わない。言えるのは礼だけだ」

「するべきことをしただけです。お礼を言われるようなことは…」

「君の言葉が、俺のケツを蹴《け》っ飛ばしてくれた。そのことが一番の感謝だな」

岩永はそう言って笑うと、席を立った。

私の目の前に立ち、大きく腕を広げる。

「これは客としてのオーダーではなく、個人的に、君個人に対する願いだ。頼むから、最後に君を抱かせてくれ」

「抱くって…」

「ただ抱き締めるだけさ。お行儀よく、な」

彼の顔は、からかっているようには見えなかった。

「頼む」

懇願する声にも、真摯な響きがあった。

広い部屋にはもう私達の他に誰もいない。

当然客室に監視カメラなどもない。

だから、ここで私が服務規定違反をすることに気づく者も、咎《とが》める者もいない。

彼の身体に触れられるのは、これが最後だろう。

「ハグだけでしたら」

外国人のお客様ならば、別れに際して確認を取られることなくハグされることだってある。これは特別なことではない。

「ありがとう」

長い腕が私を包む。
引き寄せられて、微かなコロンの香りのする彼の胸に顔を埋《うず》める。
腕は腰に回り、しっかりと私を捕らえて放さなかった。
言葉はない。
黙ったままの抱擁。
許されるのならば、自分も手を伸ばして彼の身体を抱き締めたかった。
だが、私は突っ立ったまま、指一本動かさなかった。
意識しないようにしようとしても、時間が過ぎてゆくほど、身体が緊張してゆく。
彼の腕が、遊びではなく、自分を求めてくれているような気がして。
「もうよろしいで…」
このままではまずいと思い、顔を上げると、彼と目が合って、唇が重なる。
一瞬だけだ。
挨拶のキスと言ってもいいといえる程度の。
けれどその一瞬で顔が熱くなり、その顔を見られたくなくて、私は彼を突き飛ばした。
「こういうことをなさるから、信用がならないんですよ。どこが行儀いいんですか」
背を向け、悪態をつくと、その肩に手が置かれる。
「悪かった。可愛い顔で見上げられたら、我慢がきかなくなってな」

耳元に囁《ささや》かれる声。

「この腕が最後に抱き締める相手を、君にできてよかった」

その響きにも心が揺らぐから、私は振り向くことができなかった。

「本当にお口だけはお上手ですね。さ、チェックアウトなさるんでしょう。お忘れ物はありませんか」

だから、彼がどんな顔をしてその言葉を口にしたのかは見ていなかった。

声の響きのように切ない顔だったのか、からかうような笑みを浮かべていたのか。

忘れ物のチェックをすることを名目に部屋を一回りして戻ってきた時には、もう既に彼は傲慢《ごうまん》な笑みを浮かべる社長の顔だったから。私には彼の真意がわからなかった。

「さあ、行こう。俺もやるべきことをやらなくては、したいこともできないからな」

宣言するようにそう言い放つと、背を伸ばし、大股《おおまた》で歩きながら部屋を出て行った。

私を残し、再会の約束もなく。

「…またのおこしをお待ちいたします」

ドアが閉まった後、深々と頭を下げて言った私の言葉も聞かずに。


「いらっしゃいませ。私がこちらのお部屋を担当させていただきます、浮島と申します。どうぞご不便なことなどありましたら、何でもお申し付けください」

一週間。

たった一週間しかいなかった男だった。

「少し早いが、ディナーを頼む。それとワインリストを」

「すぐにお持ちいたします」

岩永がこのホテルを後にしてから一カ月が過ぎた。

その間、何人もの客が宿泊し、私は接客をし続けた。

「ワインをお楽しみでしたら、チーズリストもお持ちいたしましょうか？」

「佳奈美《かなみ》、チーズだって。どうする？」

「リストだけでも見てみたいわ」

「それではご一緒にお持ちいたしましょう」

特別な人間などいない。

今までと同じように、こちらが提供するサービスで満足し、私個人になど目を向けることもなく、自分達の滞在を楽しんでゆく方ばかりだ。

彼の影の残るこの部屋も、こうして別の人間が使っている。

「君、花束の用意はできてるだろうね？」

「結婚記念日でございましたね。お申し付け通り、ピンクのバラでご用意いたしました」

「ん、ありがとう。じゃあディナーの時に頼むよ」

「それでは、また後程」

彼が姿を消せば、全てが終わると思っていた。

本人さえいなければ、心悩むこともないだろうと。

だが、皮肉なことに、彼がいなくなってから、私の心は大きく傾いた。

もう我慢をしなくてていい。我慢しなくても、その対象がいないのだから、悪い結果に結びつくことはない。そんな考えが、警戒心を緩めてしまったのだろう。

今頃、彼はどうしているだろう。私のことを思い出してくれているだろうか？

どうして、一時のことでもいいから、彼に応えてしまわなかったのか。いや、それはダメだ。だがせめて、外でなら会ってもいいと言ってみればよかった。

「綾部《あやべ》さん。二九〇一号室の田代《たしろ》様、夕食の際の花束確認をお願いします」

「一階のフローリストで作ってもらってる」

「ディナーの時間を早めたいそうです。花束はその時にとのことなので」

「わかった。届けさせよう」

仕事は相変わらず忙しい。

やるべきことは沢山ある。

岩永に付いていている時には、彼専属だったので一人でいることが多かったが、二十四時間体制を望まれる方は彼以来現れず、私はまたバトラー達の控室に戻り、一人で過ごすことはまずない。

「浮島さん、二九〇三号室、ユニオンクラブの飯田《いいだ》様なんですが、ミネラルウォーター何でしたっけ？」

「飯田様はコクボ飲料の株主だから、コクボ飲料の扱ってるミネラルウォーターにしろ」

「ああ、そっちのチェックでしたか。わかりました。すぐ取り寄せます」

忙しく働いている間はいい。

仕事に関してはプロだから、頭の中は仕事のことでいっぱいにできる。

けれど問題は仕事が終わってからだった。

「浮島さん、申し送りは何かありますか？」

「二八〇二のお客様、コーヒーを届ける時には生クリームだけじゃなく、フレッシュミルクも沿えて欲しいそうだ。それと、二九〇一のお客様はフィットネスでお使いになる水着が欲しいそうなので、女性のバトラーに運ばせてくれ」

「はい」

「それじゃ、お先に」

するべきことをして、仕事を終え、自宅であるマンションへ戻る。

一人住まいの部屋には、誰もいない。気を紛らわせるものがない。

だから、思い出すのは彼のことばかりだった。

最初にドアを開けた時に私を迎えた、乱れた衣服の色気を漂わせた姿。

来客の前で尊大に振るまい、パソコンを睨《にら》み真剣な眼差《まなざ》しを向けていた横顔。

私をからかい、誘ってきた意地の悪い笑み。体調を崩し、私の手を握った弱々しい姿。

拗《す》ねて見せた、子供のような表情。

『仕事』という仮面を外してしまうと、思い出すそれらの『岩永』の姿が胸に突き刺さる。

他の、誰とも違っていた。

同じ人など、見つけることはできないだろう。

金持ちであるとか、顔がいいという程度なら、うちのホテルには毎日のように訪れる。けれどあれほど破天荒で、精悍で、上質で、野性的で、色香を漂わせた男などいない。

あんなにくるくると見せる表情を変えた男もいない。

「逃した魚は大きいってことか…」

沢山の人にサービスをして。

一時の幸福を与える。

その幸福と満足感を与えるのは自分だという充実感が心地よく、彼等に顧みられたいとか、感謝されたいとか思ったことなどなかった。

旅立って、ホテルを後にしたら、自分のことなど思い出さなくてもいい。

毎日訪れる客を、平等にもてなし、もてなすことだけが目的であり、見返りを求めているわけではないのだから。

そうやって、今までずっとやってきた。

今だってそのつもりだ。

なのに…。

彼のことだけは忘れられない。

「岩永…天」

もう一度会いたくて、少しは感謝して欲しくて、忘れられたくなくて…。

もう一度ぐらい、姿を見せるかと思っていた。宿泊はしなくても、レストランやバーに現れるのではないかと。私の顔を見たいと、それが好意ではなく興味であってもいいから、私のために来てくれないかと。

だが彼は来なかった。

同じ部屋に泊まるわけではないから、宿泊者リストは毎日下層階の部屋まで全部チェックした。レストランやバーの予約者の名前も見ていた。

でも『岩永』という名前を見ることは一度もなかった。

早く、忘れないと。

私達の間には、何もなかったのだ。

彼と会わない時間が続くほど、それを思い知らされた。

こちらがどんなに想《おも》っても、相手が想ってくれなければ何も起こりはしない。

「こういうのを、片想いと言うんだな…」

間抜けな話だ。相手がいなくなってから恋を始めるなんて。

今更何もできない。自分にできることは、ただ彼の面影を胸に抱きつつ、それを消し去る努力をするだけだった。

どんなに辛くても。

どんなに難しくても…。


「おはようございます」

「おはようございます」

「本日の宿泊者のリストです。浮島さん、指名で二十四時間の部屋付き入ってますよ」

出社直後、マネージャーにそう言われて一瞬期待した。もしかして『彼』が戻ってきたのではないかと。

「前にもお世話なさっただろう。中村様だ、あのドクターの。覚えてるかい？」

そんなはずはないのに。

「覚えてます。中村邦雄様ですね。ではウェルカムドリンクは百パーセントジュースに変更しましょう」

「荷物はもう宅配便で届いているから、園田《そのだ》に運ばせた」

「今回の逗留は？」

「お一人で三日。延泊の可能性もありだそうだ」

「わかりました」

控室のパソコンで中村様の宿泊歴を呼び出す。新聞とミネラルウォーターと枕のお好みをチェックする。

「ご到着予定は？」

「アーリーチェックインで、もうそろそろお入りになられる」

言ってる間に、二九〇一号室に宿泊のサインが着く。

「案内、終わったみたいだな」

「ではご挨拶に伺って参ります」

中村様か…。岩永を紹介して下さったのは彼だという話だった。それならば、中村様から彼の話を聞くことができるかもしれない。

…忘れようと思ってるのに、未練がましいな。

トレイにジュースのグラスを載せチャイムを押す。

室内から返事はなかったがドアが開く。

「失礼してよろしい…、でしょうか…」

トレイを落とさなかったことは褒めて欲しい。たとえ言葉に動揺が出てしまったとしても。

「お久しぶりでございます、岩永様」

いるはずがない人物が、会いたいと思っていた人物が、突然目の前に現れたのだから。

以前と何も変わらない。

会わない間に彼を美化してしまったのではと思ったこともあったが、一目で人を魅了する精悍な容《よう》貌《ぼう》。

「驚かしてやろうと思ってたのに、あまり驚いてないな」

悪戯《いたずら》っぽい笑い。

「とんでもございません、大変驚きました。岩永様がいらっしゃるとは存じませんでしたので、ドリンクを一人分しかご用意しておりませんで。すぐに岩永様の分もお持ちいたします」

「俺一人しかいないんだ。追加など持って来なくていい」

彼は身体を引いて私を中へ招き入れた。

「中村医師に頼んで予約を入れてもらっただけで、宿泊するのは俺だ」

「私をからかおうとなさったんですね」

彼はソファに腰を下ろした。これもまた最初の日と同じだ。

深く腰掛け、手を背もたれに…。

「どうした？」

トレイをテーブルの上に置いて、思わず彼に近づく。

「子供じみたイタズラは止めてください」

「これか？」

彼は左手で、中身のないスーツの右袖をぐしゃりと握り潰《つぶ》した。

「ふざけてるわけじゃない。これが今の俺の身体だ」

彼は『来い』と言うように手を差し出した。ショックが覚め切らず、吸い寄せられるようにふらふらと彼の前に立ち、その手を取る。

今の身体？　袖に中身がないことが？

「こっちは驚いてくれるんだな」

「当たり前です。本当なんでしょうね？　からかってるんなら…！」

「残念ながら本当だ」

軽く手を引かれ、隣に座らされる。客前で着座など許されないのに。足に力が入らなくて腰を下ろしてしまう。

「肘《ひじ》のところに肉腫《にくしゅ》ができて、転移を防ぐためには切除しなければならなかった。肘のすぐ上でスッパリさ」

「そんな…」

「執刀医は中村医師だった。…彼に切除を言い渡された時、俺は落ち込んだ。自慢じゃないが、ここまで順風満帆、何一つ失うことなく生きてきた。その俺が、利き腕を失うなんて、耐え難かった」

「わかります」

まだ触れ合っている彼の左手を、思わず握り締める。

「手術までの期間、俺は中村医師に家の中に一人でいることも、会社で俺の身体とは違う連中と仕事をすることも苦痛だと訴えた。それでここを紹介されたんだ。彼は、君のことを買っていた。気が利くし、手際がいい。精神的に強いのに、俺よりも細身の美人だ。だから、お前を見ていれば俺の弱気の虫も消えるだろうと。実際会ってみると、確かにそんな感じだった」

自分が庇護《ひご》したくなるようなタイプの人間が、自分よりも強いかもしれないと思えば、勇気が出るだろうというのが中村医師の言葉だったらしい。

「だが、俺はひねくれてた。彼があんまりにも君を褒めるので、浮島が慌てる姿を見たくなった。そうしたら、そこらにいる連中と変わりはありませんでしたよ、と言うつもりだった」

「本当に子供みたいですね」

「子供だったたな。見栄《みえ》ばかり張ってる」

拗ねるかと思ったのに、彼は素直に認めた。

「腕を切れば終わる。死ぬわけではない。それがわかっていても、身体の変化が怖かった。自分というアイデンティティが傷付く気がして。一人になると、そのことばかり考えた。そんな自分も嫌だった」

何度か、彼の口から零れた言葉。

『自分を一人にするな』

私はそれを誘いの文句だと思っていた。だがそうではなかったのだ。彼は本当に一人になるのが怖かったのだ。

毎晩遊び相手を呼んで泊まらせていたのも、精力が有り余っていたというより、そのせいだったのかも。

遊び相手、秘書、仕事の来客、そして私。彼は一度も一人にならなかった。

「だが俺は中村のワナに嵌まったな。まんまと君に負けてしまった」

「負けとは…？」

「戦う、と言っただろう。どんな状況になっても最善を尽くすと。まるで当然のことのようにさらりと言ってのけた」

「あなたが、意地悪を言った時ですね」

「意地悪は酷いな。だがあの時、俺は負けたと思った。変化する状況に右往左往している自分と比べて、君は普段からそういう覚悟で仕事をしている。実際、俺が何をしようと浮島のホテルマンとしての態度は揺らがなかった。…かっこよかったよ。それで手術の踏ん切りがついた。たとえ腕を失っても、自分に変わりがあるわけではないという自信もついた。だからここへ来たんだ」

「結果を報告するために、ですか？」

「違う」

彼は重なっていた手をぎゅっと握ってきた。

「恋人達とは全て別れてきた。今は一人も相手はいない」

「…だから？」

期待させるような言葉に耳を傾けてはいけない。彼と私は客と従業員だ。

「君はたった一人でなければ恋人になってくれないんだろう？」

にやりと笑う顔。

私は手を払って立ち上がった。

「またくだらないことをおっしゃれるぐらい元気になられてよかったですね」

「浮島」

だが彼は私を逃がしてくれなかった。

手を取って、強引に引き戻される。

「君が好きだ。真剣に言うために全てを終えてきた。逃げていた手術を終え、本気ではない相手も全て別れた。だからこそちゃんと言える。君が欲しい。君も俺が好きだろう」

強い言葉が心を震わせる。

「そんなことはありません。あなたはお客様で…」

「逃げるな。君が寝てる俺にキスしたことも、別れの時俺がキスした時に頬《ほお》を染めたこともわかってるんだ」

気づかれていた。

「あの時にはそれに応える自信がないから見送った。だが今は違う。君が俺のものになるまで、ずっとここに泊まって、二十四時間浮島を束縛してやる」

「岩永様…」

「それとも、本気で俺が嫌いだと言うか？　もしそうなら、俺を突き飛ばせ。二度と君の前に現れないと約束してやろう。もう二度と、だ」

激高している声でありながら、彼は最後ににやりと笑った。

…憎たらしい男だ。私が夢に見るほど会いたいと思っていたことを知ってるような顔をして。

捕らえられているのは腕一つ。私は男だし、体力的にも決してひ弱な人間ではない。だから、いかに岩永の身体が自分よりも大きいと言えど、逃げられないことはなかった。

「私は仕事中です」

でも逃げられない。

「では客である俺が『仕事は中止、プライベートに戻れ』と命じてやろう」

腕力で押さえ付けられてるのではなく、心が囚《とら》われてしまったから。

「答えを、浮島」

自信満々な顔で、何を問うのか。答えなど、もうとっくにわかっている癖に。

「…残念です。せっかくいらしたのに、短い滞在とは」

仕方がない。

「浮島」

お客様のご要望ならば、聞かないわけにはいかないのだから。

「私があなたのものになれば、帰ってしまうんでしょう？　だったら、荷物を解く必要もないですね」

好きな人の望みならば、応えてしまうものだから。

「私だけを望んでくれるなら、あなたのものになります」

捉えられてる手から逃れ、私が彼の顔を捕まえてキスをした。これが答えですよというように。

唇を重ねるだけでなく、求めるようにする長いキス。お互い子供じゃないから、満足するまで続けた。

やっと唇を放し、立ち上がると仕事モードの復活だ。

「私の返事がわかったら、もうお帰りになりますか？」

バトラーの職務に戻り、少し意地悪く問いかける。

「まさか」

「では、ドリンクをお持ちしましょう。これは中村様のお好みで用意したものですので。岩永様はコーヒーでよろしいですか？」

「コーヒーなどいるものか」

彼も立ち上がり、私の腕を取ってベッドルームへ引っ張り込む。

「ち…、ちょっと待ってください。何をするつもりですか」

広いベッドの上に座らされ、押し倒されそうになるから慌てて身を翻す。

「何って、当然だろう？　お前は俺のものになった。ならすることは一つだ」

何と単純な男なのか。自分のものと決まっただけで、呼び方を『君』から『お前』に変えるなんて。

「私は仕事中です」

それが彼の公私の線引きで、私が線の内側へ入った証《あか》しだと思えば悪い気はしないが、ここは職場で、私は勤務中だ。

「プライベートに戻れと言っただろう」

「それは返事をする時だけで十分でしょう。こういうことはまたいつか…」

「いつかするなら今してもいいだろう。最高級のホテルのスイートルームで、キングサイズのベッドと恋人がいて、我慢しろという方が無理だ」

「岩永さん…！」

　身体が近づくから逃げる。

「この俺が、お前を好きだと自覚してからどれだけおとなしく待ってたと思う？　最後に別れる時でさえ、行儀よく抱き締めただけだった」

　逃げるからまた近づく。

「騙《だま》してキスしたでしょう」

　追い詰められ、ベッドヘッドに身体が押し付けられる。

「あんなもの、キスには入らない」

「それなら、今ちゃんとしたでしょう」

「今ので火が点《つ》いた。仕掛けて来たのは浮島だろう？　俺は返事など言っただけなのに唇を奪われた」

　またにやっと笑われる。

「今のは…、サービスです」

「キスはバトラーのサービスか？　恋人としてのサービスなら、最後まで面倒みろよ」

　襟元のネクタイに伸びてくる手。

　だが、その指先はタイに触れると動きを止めた。と同時に彼の顔に陰りが浮かぶ。

「襲ってでも抱きたい…。だが、俺にはできない。左手だけじゃネクタイ一つもスマートに外せない有り様だ。だから頼む、自分の意思で俺に応えてくれ」

タイを弄《いじ》るだけの指先。

狡い人だ…。こんなふうに言われたら、こんな仕草をされたら、拒めるわけがない。

「これは俺の我儘《わがまま》だ。どうしても、浮島が欲しい。お前の気持ちが定まるまで待てない」

真剣な眼差しは、私だけを見ていた。

他の誰でもなく、私だけを。

「誓って、あの日このホテルを出てから誰一人抱いていない。お前しか抱く気が起きなかったからだ。これからも浮島だけだ。お前だけが欲しい。『いつか』ではなく『今』」

本気で望まれている。

「抱かせて欲しい。いや、抱かれて欲しい」

それを表す祈りのような言葉。

あの、傲慢な男が私に懇願している。抱かれて欲しいと。いつも私をからかうように悠然と微笑んでいた男が。

その瞬間、私を望む彼の言葉を信じてもいいと思った。

ポリシーもプライドもある。貞操観念も軽い方ではない。簡単に男と寝ると思われたくはないし、遊び相手にされるのも御免だ。

けれど…、私の負けだ。

「あなたの…、ご要望にお応えしましょう」

タイに掛かってる彼の手を軽く跳ね退《の》けて立ち上がる。

「私だけを愛していると誓うなら」

「誓う」

その一言で、心を決めた。

自分でタイを外し、近くの椅子の上に置く。上着を脱いで、シワにならないように背もたれにかける。

ズボンも脱いで、同じように椅子に掛けた。ワイシャツは人に見とがめられる前に着替えに行けばいいだろう。それまで脱ぐには勇気がいる。

靴を脱いで揃え、その中に靴下を突っ込み、彼に近づく。

「経験豊富ではないので、何をして欲しいか指示してください」

「では、俺の前へ」

彼が自分の上着を脱ぎ捨て、ネクタイを解いて捨てる。

腕を回して私を抱き寄せ、膝《ひざ》の上に乗らせる。

「ボタンを外してくれ」

と言われ、ワイシャツのボタンを外すと、彼は鼻先で前を開け胸にキスをした。

「まだ両腕が使えるうちに、我慢などせずお前を襲っていればよかった。もどかしい」

「そんなことしたら、二度と近寄りませんでしたよ」

離れて戻ってきたから、彼を信じられる。

私を忘れていなかったのだと、それほど求めてくれたのだと。

だがあの時襲われていたら、きっと遊び相手と思われたと誤解しただろう。

胸にキスしていた唇が、ゆっくりと動き出し、キスを愛撫《あいぶ》に変える。

手は下半身に伸び、下着の中へ侵入した。

「ん…」

大きな手に包まれて、ソコが反応する。

「ああ、クソッ。あちこち触って、色々したいのに、手が足りないな」

「一番大事なトコロを触ってるじゃないですか…」

「もっとだ。首も、胸も、腹も、全部触りたい」

「順番に触れてゆけば…、あ…」

もどかしいと言ったけれど、彼の手の動きは巧妙だった。

「ん…」

慣れてるのだろう。

悔しいことに、指先一つで声が上がる。

「岩永さん…」

「もう限界か？　口で言うほどスレてないんだな」

嬉しそうな声。

「あなたみたいに…、次から次じゃないですからね…。あ…」

私から彼の首に腕を回し、身体を支える。

けれど、そのまま最後までとは行かなかった。

下着から彼の手が引き抜かれ、新しい願いが口にされる。

「もう我慢ができない。ベッドに上がってくれ」

言われて彼の上からベッドへと移るとまたその次の要望だ。

「仰向《あおむ》けに」

引き下げられたままの下着を自分で脱ぎ捨て、ベッドに仰向けに横たわる。

「言っておきますが、相手の言いなりになるのは私のスタイルじゃありませんからね」

「俺のスタイルでもないさ。だが仕方がない。俺は浮島の許しがなければ何もできない身だからな、協力してもらわないと。咥《くわ》えていいか？」

「あなたのすることに一々許可は取らないでください」

「お望みのままに、と言ってるように聞こえるぞ」

彼もベッドの上に乗り、私の股間《こかん》に顔を埋めた。

彼の腕は己の身体を支えるためだけに使われ、愛撫に使われるのは口だけだ。

柔らかな舌で私を包み、舐《ねぶ》る。

歯が、微かに当たり、吸い上げられると快感が走る。

「う…」

さっき手で嬲《なぶ》られただけでもう硬くなっていた場所は、その刺激で更に硬さを増した。

彼は満足できる愛撫を与えられなくてもどかしいと言ったけれど、私の方もそうだ。

寝転がって刺激を受けるだけでは満足なんかできるわけがない。

「う…」

与えられる刺激で快感は覚えるが、彼が遠い。

自分の愛する者と抱き合うのならその実感が欲しい。

「岩永さん…」

「ん…?」

「もっとこっちへ…」

「ここじゃ感じないか?」

「そうではありません。ただ、あなたを感じたい。愛撫だけじゃなく…」

「俺が欲しいか?」

「欲しくなければベッドに上がりません」

彼が身体を起こして、顔を近づける。

キスするのかと思ったが、そうではなかった。

「嬉しいが…、こんなに自信がないのは初めてだ。上手くできないかも知れないぞ？」

不安げな顔。この期に及んで、この人はまだ新しい顔を見せるのか。

しかも私はそれを可愛いと思ってしまう。

「私だって、あなたのお相手ほどいい反応はしてあげられないかも知れませんよ」

「いいさ。そうしたら、いい反応になるまで抱いてやる」

「…それじゃ、洗面所へ行って、ボディローションを取ってきてください。今日は何も買ってきていませんので」

「いいとも。客じゃないから、こき使われよう」

彼は頼んだ品を取って来ると、自分の手に零した。

甘い香りを纏《まと》わせた指が、中に滑り込む。

「う…」

くちゃっ、といやらしい音を立てて、指が動く。

見られることは恥ずかしい。これが彼以外の人間なら、羞恥《しゅうち》で足を閉じただろう。

けれど彼には協力すると約束した。彼がやりやすいようにしてやらないと。

自分の股間に消える彼の指が恥ずかしくても、そこを見つめられることが恥ずかしくても。

「あ…」

私が声を上げると、嬉しそうな顔をする。

「色っぽい顔だ」

子供っぽい表情で。

「初めて人を抱くようにドキドキしてるよ」

「…厚かましいですよ」

さんざん他の人間とイチャついてるところを見せておきながら。

「こんなに惚れた相手とするのが初めてだからかな」

そんな喜ばすような言葉でごまかそうだなんて。

「…ココ締まったぞ、今の一言が嬉しかったか？」

強がりたくても、身体が反応してしまうのが悔しい。

「嬉しくないわけが…や…っ」

身体の中では、もう彼を求める気持ちが止まらなかった。

前に触れてもらえないもどかしさと、内側で動く指の巧みさと、好きな男を見て、その男に見られているという状況が、身体を火照らせる。

「もう…、いいから…」

「もう少し見てたい」

「これからいくらでも見られるでしょう…。早く…」

「これからいくらでも、か。いい言葉だ」

彼の指が抜ける。

顔が近づき軽く口付ける。

「入れ替われ」

「何…？」

「俺を掘れと言うんじゃないぞ。場所だ。お前を支えてやれないから、乗れと言ってるんだ」

「の…」

「乗ったことないのか？」

「そんな厚かましいことを言うのはあなたぐらいです」

「そいつはいい。俺が初めての男になるわけだ」

「…そこが厚かましいんです」

私の横に、枕で上半身を起こす格好で彼が仰向けに横たわる。

まだ自分の前を開けていない彼のズボンのファスナーを下ろしてやると、何もしてあげていないのに、彼のソコは既に硬くなり、待ち来れないというように顔を出した。

脚を大きく開いて、彼の上に跨《また》がり、腰を浮かせて場所を合わせる。

彼の手が、支えるように私の腕を摑《つか》んだ。

「ゆっくりでいい…」

バトラーとして、お客様の要望には何でも応える。でもこんなことをしてやるのはあなただけだ。

それをちゃんとわかって欲しい。

「…っ」

彼のモノを捉え、自分の入口に導く。

硬く熱い手触りが、欲望を煽《あお》る。

彼の先が私に触れると、それがドクリと脈動した。

「手伝ってやれなくて、すまんな」

焦《じ》れったいのは、私より彼だ。

今までさんざん好き勝手やってきたのに、男としての本能は挿入《い》れることを望んでいるのに、全てを相手に委《ゆだ》ねて待たねばならないのだから。

「俺がリードを取れる方法を、勉強するよ」

「そんなものしなくて…。や…っ、待って、岩永さん…っ」

ゆっくりと腰を下ろしていた私を、彼が下から突き上げる。

「い…っ」

「ゆっくり過ぎて我慢できん」

「…ゆっくりしろと言ったのは…」

「俺だが、限度がある」

「…あっ!」

グンッ、と突き上げられ、バランスを取ることができず彼の胸に倒れ込む。

「や…、だめ…です…っ」

「腹筋は鍛えててよかった。まだなまってないな」

もう一度突き上げられ、彼が深く身を沈める。彼の動きに躍らされて、何もできなくなってしまう。

「い…っ、あ…」

支えるためだった腕が、私を抱き締め、口づけを求めた。

ずくずくと中で蠢《うごめ》く熱。

「お前も…動け…」

切なく望む彼の声に応えて、腰を振る。

「や…、いわ…な…」

はしたないとか、恥ずかしいとか、考える余裕もなく追い詰められ、彼の与えてくれる最高を求めてしまう。

「ん…、ん…」

主導権は握っていたはずなのに、私が彼に合わせてあげてるだけのはずなのに、もう完全に彼に貪《むさぼ》られている。

彼の上で、全てを食い尽くされてゆく。

そのことを悦《よろこ》びと感じている。

「あ…ぁ…」

苦しくて彼にしがみつくと、手が前を弄った。

「い…、いい…っ」

舌が、唇を、首筋を、濡らしてゆく。

声が止まらない。

目の前にある岩永の顔が嬉しそうににやりと笑った。

男の色香をまとった、優位者の笑みだ。

悔しい。

彼の、弱った顔も、拗ねた顔も、真面目な顔も、様々見てきたのに、この意地の悪そうな顔が一番好きだなんて。

「岩永さ…」

その顔に身体が疼《うず》くなんて。

「お前…、俺のものになったんだな…」

傲慢で、だらしなくて、子供っぽい。こんな男に、こんなにも惚れてしまうなんて。この男のものになるなんて。

「…あ…っ、あぁ…！」

本当に悔しくて、…嬉しかった。

客室の設備を使うことも、私のポリシーに反してはいたが、シャワーだけは使わせてもらった。着たままだったワイシャツはシワだらけになったが、上着を着込めば何とか隠せるだろう。

「もう身支度を整えるのか」

私の後にシャワーを使った岩永が、まだ水滴をしたたらせたままバスローブ一枚で姿を現す。

「仕事中ですから」

「まだ恋人の時間だろう」

不満そうな顔をする彼に近づき、手にしていたタオルを奪って頭を拭《ふ》いてやる。

「ベッドを降りたらバトラーです」

「ではまた俺がプライベートに戻れと命じたら？」

「特別扱いは一度だけです。それでなくても、後悔しているのに」

「俺に抱かれたことを？」

「仕事を放棄したことをです。あなたにその魅力があったから仕方ないですが」

「男心をくすぐるな」

キスしようと屈《かが》む顔からすいっと逃げる。

またキスされたら、抗《あらが》うのは難しいから。

「ではこれからは言葉を慎みます」

タオルから手を離し、立ち去ろうとすると彼は慌てて私を抱き寄せた。

「まだ行くな」

「ドリンクをお持ちしてませんので」

「そんなものはいらん。まだ歩くのも辛いだろう」

客でなかったら、その頬を叩いただろう。デリカシーのない。

「用事がなければ失礼させていただきます」

「用ならいくらでも作ってやる。荷解《ほど》きの手伝いに着替え、ベッドも直して欲しいし、パソコンのセッティングも手伝え」

相変わらず、子供のようなことを言う。

そこが可愛らしいのだけれど。

「お前を口説き終わるまで滞在すると言ったことは取り消す。今度は、お前を見飽きるまで滞在するぞ」

「ではここに住んでいただかなくては」

「それでもいい。そのぐらいは稼ぐさ」

「ではあなたは私のプライベートは必要ないわけですね？」

「む…。じゃあお前はどうしたいんだ？」

「仕事中に問われるなら、返事は一つです。お客様のご要望のままに」

不快感を露《あらわ》にして彼は口元を歪《ゆが》める。

その顔も好きだ。

「けれど『もしも』恋人に問われたらこう答えるでしょうね」

私も甘い。

仕事を邪魔した彼の機嫌を取ろうとするなんて。

いや、これが私の本質なのかも。

「あなたの好きにしていいですよ。私だけを愛するという誓いを守ってくれている間は、翻弄《ほんろう》されるのも悪くない」

客でも、恋人でも、あなたの満足のために尽くしたいという気持ちが…。

今宵スイートルームで

恋人との甘い時間は嫌いじゃない。

当然だが、愛する者と過ごすことは幸福だ。

彼と一緒にいるだけで、その手で触れられるだけで、全《すべ》てを忘れてしまいそうになる。

けれど、それが仕事中となれば話は別だ。

「浮島《うきしま》」

と甘い声で呼ばれても、顔をしかめざるを得ない。

「何でしょう、岩永《いわなが》様」

朝食の用意をしていた私《わたし》は、相手に気づかれぬよう小さな吐息を漏らし、笑顔でベッドルームへ向かった。

ここは都心にあるホテル『アステロイド』のエグゼクティヴ・スイート。このホテルの中で一番いい部屋の一つだ。

部屋の扉を開けると短い廊下があり、すぐのところにはトイレ、進んで右手の扉には客用寝室。

ベッドと壁に埋め込まれたクローゼット。小さなテーブルと椅子《いす》。

普通の客室と同じぐらいの広さのこの部屋は、ここに宿泊なさってるお客様の呼び入れた来客が使用する部屋だ。

反対の左側の扉を開けると、八人が座れるビジネステーブルのある部屋がある。

ビジネステーブルとはいえ、大きさは十分。部屋も家具も高級品だ。

その二つの部屋を無視して廊下を真っすぐ進むと広いリビングへ出る。階下を眺望できる一面のガラス、その前には大人が二人横になれる大きなソファ。かたわらにはオッドマン付きの一人掛けの椅子と、黒いガラスのテーブル。

部屋の隅には小さな丸テーブルと椅子が二つ。

今私がいる部屋だ。

そしてお客様のために朝食を用意している部屋でもある。

このリビングを抜けた先にあるのがベッドルーム。

キングサイズのベッドが二つ並んだ部屋の片隅にはデスクが置かれている。

ベッドの手前を左に曲がった奥にウォークインクローゼット、更にその奥にダブルシンクの洗面所とバスルーム。バスルームはジャグジーの付いた大きなもので、別にシャワーブースもあるし、ここにもトイレがある。

一人で泊まるには広すぎる部屋だが、ここのところ岩永は月に何度も宿泊に来るのだ。

理由は私だ。

休日にはなるべく会えるようにしているのだが、それだけでは不満とばかりに私の仕事場へ押しかけてくるのだ。

それというのも、このホテルにはバトラーサービスというのがあるからだ。通常のホテルでは一つの部屋にベル・キャプテン、客室係、ルームサービスなど様々な人間がかかわる。だがアステロイドでは、それを全てバトラーが対応する。つまり、私が。

もちろん、普通は一人のバトラーが対応するものではない。何人かの人間が、幾つかの部屋を掛け持ちするのだ。

だが、エグゼクティヴ・スイートとプレジデンシャル・スイートのお客様だけは、希望があれば一人の人間だけを指名することができる。

プライベートな部分をあまり他人に見せたくないという要望にお応《こた》えするためだ。

岩永は、それを利用していた。

客としてホテルに泊まり、私を部屋付きのバトラーとして指名し、仕事時間中も拘束するわけだ。

「御用でしょうか、岩永様」

まだベッドに横たわっている恋人の傍らに立ち、バトラーとして頭を下げる。

「起きるから、着替えを手伝ってくれ」

お客様の着替えを手伝うなんて、本来はバトラーの仕事ではない。これはお断りするべき要望だ。

けれど、心の中で呆《あき》れながらも、にこやかに「かしこまりました」と言うのは、彼が自分の恋人だからではない。

彼には、片腕が無かった。

先日病気のせいで肘《ひじ》の上から切除してしまったのだ。

バトラーの仕事の中に、障害者のお客様の介助というものがある以上、彼の着替えを手伝うことは自分の仕事の一部だからだ。

「クローゼットからダークグレイのスーツを持って来てくれ。ワイシャツは白、タイは任せる」

「かしこまりました」

岩永は、私に背を向けた。

怒ったわけではない。

身体《からだ》を支える腕が足りないので、一度右を下にし、左手だけで起き上がらねばならないからだ。

そういう姿を見ると、手を貸してあげたいという気持ちが湧《わ》く。

岩永は、腕を失う前にもここへ泊まりに来ていた。

その時は、尊大で傲慢《ごうまん》な男だと思った。

背は高く、がっしりとした肩、引き締まった肉体。顔立ちは精悍《せいかん》で、性格をそのまま表したような意志の強そうな瞳《ひとみ》と眉《まゆ》が印象的だった。

それと比べて、今の彼が身体的に可哀想《かわいそう》だと思っている…、わけではない。

腕を失っても、彼の性格も態度も変わらなかった。

変わらなかったからこそ、一人で彼が何かをしようとしている時に、自分がなにか手伝えれば、と思ってしまうのだ。

彼を好きになってしまったから、彼の助けになりたい、と。

自分一人で何でもできる岩永には、自分など必要はないかもしれないが、ほんの少しの弱みを見せられると、自分でも彼の役に立つのでは、と思うのだ。

障害者の弱みではなく、岩永の弱みに対して。

だがそんな感傷は一瞬だ。

「こちらでよろしいでしょうか？」

クローゼットから指定されたスーツを取ってベッドルームへ戻る。

「ああ、着替えさせてくれ」

岩永は既にベッドを下り、その横に立っていた。

上半身は裸、下にはホテル備え付けのナイトウェアのパンツだけ履いている。

落とした腕の切断面は塞《ふさ》がっているのだが、まだ柔らかい皮膚は物が当たると痛むというので、カバーする器具が嵌《は》められ、それを支えるためのバンドが胸に斜めにかかっているのが、ちょっとマンガの戦士みたいでかっこいいと思うのは、子供っぽいから言わない。

「脱がせろ」

「…それは」

「手伝ってくれるんだろう？　着替えるためにはまず今着ているものを脱がなくては」

彼の弱いところを支える手伝いをしてあげたいと考えるのが一瞬の感傷だと言ったのは、こういうところだ。

岩永は、にやりと笑って私の手を待っていた。

左腕だけでも、ナイトウェアのズボンぐらい脱げるだろうに、それを私にさせる。

これは支えでもなければ手伝いでもない。彼に遊ばれているだけだ。

「介助、だろう？」

と言うけれど、その目が笑っている。

「可哀想な私に手を貸してくれ」

厭味《いやみ》な言い方だ。

こんな部屋に幾らでも泊まれる財力があって、他人が焦がれる容姿を持ち、人会社の社長という地位を持ちながら『可哀想』と言うなんて。

ただ、彼がそれを理由にするから、自分も従いやすいのだけれど。

「…では、お手伝いさせていただきます」

彼が好きだから、彼の言葉にしたがってしまう。

きっと、彼もそれをわかっているのだろう。

「すまないな」

なんと、心にもないことを言う。

「では失礼します」

一声かけて、彼の前に跪《ひざまず》き、ナイトウェアのズボンに手をかけて引き下ろす。

岩永は、下着を付けていなかった。

ホテルマンとして、ただの客が相手なら、平然と着替えを進めただろう。けれど、それが自分を悦《よろこ》ばせるモノだと思うと、見ただけで胸がざわつく。

「足をあげてください」

目を逸《そ》らせ、ズボンを取るためにそう言ったのだが、彼は足を上げてくれなかった。

「咥《くわ》えてくれよ」

それどころか、イチモツを晒《さら》したままそんなことを言い出す。

「何をおっしゃってるんですか。そんなことはしません」

「いいじゃないか」

だが彼は食い下がった。

「それはホテルのサービスとして提供すべきものではありません」

「ホテルのサービスで求めてるんじゃない。それじゃ誰《だれ》でもいいことになるだろう？　恋人だから、お前にして欲しいんだ」

こちらの気持ちを弄《もてあそ》ぶ、嫌な言い方だ。

「仕事とプライベートは別だと何度も言ったじゃありませんか」

「俺《おれ》にはそんな器用な真似《まね》はできない。目の前に惚《ほ》れた男がいるのに」

「朝食のお支度が整っております。冷める前にお召し上がりください」

「浮島」

岩永の手がしゃがんだままの私の頰《ほお》に触れる。

指先が耳を弄ぶから、ゾクリと鳥肌が立つ。

「お止《や》めください」

手を払いのけると、彼は膝《ひざ》をついて私の前に座り、口付けてきた。

「ん…」

抵抗する間もなく、唇が奪われる。

彼の左腕が私の背に回り、抱き寄せられる。

好きな相手に、舌を差し込まれるような深いキスを求められて、逃げ出せるほどストイックではなくなってしまった自分が悔やまれる。

以前なら、突き飛ばしてでも逃げたのに、今はそれに応えないようにすることで精一杯だ。

けれどそれも無駄な努力だった。

たった一本の彼の腕に抱かれたまま、強引にベッドへ引き上げられ、押し倒される。

「…岩永様」

何とか唇を離して異議を唱えたが、彼のキスは続いた。

頰に、耳に、唇と舌が這《は》う。

「お止めください」

「嫌なら俺を突き飛ばして逃げればいいだろう」

それができれば。

「お客様を突き飛ばすなどできません」

突き飛ばして、ではこれで終わりだと言われるのが怖い。

恋をすれば、誰だって臆病《おくびょう》になってしまう。特にこの傲慢な男は、相手にことかかないと知っているから余計だ。

腹立たしいことに、もう私は彼無しではいられないと思っているのだから。

「ではこのまま抱かれろ」

「私は仕事中です」

それでも、ささやかに言葉で抵抗する。

「わかってるさ。そのバトラーの格好もそそる。きっちりとした黒いスーツは、まるで喪服のようで、崩してやりたくなる」

けれどそんなものは簡単に無視され、彼の手がスーツのボタンにかかる。

身体を支えられなくなった彼の顔が首元に埋まる。

「からかわないでください」

彼が、歯でワイシャツのボタンを外し始めたのがわかって、ようやく彼の身体の下から抜け出す。

けれど彼の手が、私の腕を取って逃さなかった。

「からかってなどいないさ。何のために高い金を払ってこんなところに泊まってると思う？」

「岩永様」

そして再び全裸の彼にベッドへ引き戻される。

「『様』は止《よ》せ」

「お客様は『様』を付けてお呼びするように教育されております」

「浮島」

「止めてください。本当に怒りますよ」

「俺のものでいるのが嫌なのか？」

「そうじゃありません。私は仕事に誇りを持ってるんです。その邪魔をするなら、あなたの方こそ私のことをどうでもいいと思ってるんじゃないんですか？」

「そんなこと思ってるわけはないだろう」

「どうだか」

「お前が欲しいからだ。この部屋を出たら、好きに仕事をするがいい。だが俺の目の前では、仕事中でも俺のものでいろ」

ワガママだ。

身勝手な言い分だ。

強引だ。

けれどその強引さが嬉《うれ》しい。

そんなにも自分を求めてくれているのかと思えて。

この喜びに流されてはいけないと思うのに、仕事中なのに、彼に負けてしまう。

私を抱き寄せようとしてバランスを崩し、ベッドへ倒れ込もうとする彼に手を差し出してしまう。

「優しいな」

皮肉っぽく笑う顔。

ああ、どうして自分はこの男を選んでしまったのか。

「…お客様には当然の行為です」

「恋人なら、と言えよ」

「…言いません」

「つれない男だ」

手が、直したばかりのスーツのボタンを外す。

さっき乱された襟元からネクタイが外され、床に落とされる。

「岩永様」

器用に左手でボタンを外し、シャツの内側へ滑り込ませる。

「ここで抱かれたくなければ、俺のを咥えるか？」

このまま、肌に触れられ続ければ、自分はそれを受け入れてしまうかもしれない。

自分の仕事場で、勤務時間中に、担当のお客様を相手にベッドに乗り、抱かれる。制服であるスーツを脱ぎ捨て、皺《しわ》くちゃにして、快楽の喘《あえ》ぎ声を上げる…。

そんなこと、できるわけがない。

「…わかりました。咥えますよ」

究極の選択だが、口だけなら、まだ『サービス』の域に留《とど》められる。自分が快楽に溺《おぼ》れなければ、
相手への奉仕だと。

「そっちを取る、か…」

手が離れ、私を解放する。

「起こしてくれ」

宙に浮いた手を取り、彼をベッドの上に起こす。

岩永はベッドの縁に腰掛け、足を開いた。

その真ん中へ座れ、ということか。

私は衣服を整えて戻すと、指定された場所へ跪いた。

目の前に彼の性器。

恋人であれば、ためらいなく触れることのできる場所に、仕事のプライドと恋情の狭間で揺れなが
らゆっくりと口を近づける。

「…ん」

朝の生理として半勃《だ》ちだったものが、自分の口の中、熱と舌の刺激を受けたせいか形を変える。

自分は、岩永と出会う前から男性を恋愛対象にしている人間だった。だから、ソレが単なる肉体の一部ではなく、快感をくれるものだという認識がある。ましてコレは一度ならずも自分を悦ばせてくれたものなのだ。

身体の中で、自分の情欲が頭をもたげるのを抑えることに意識を集中しないと、男は女性と違って『その気』になっていることが身体の変化で表れてしまうのだ。

もし『その気』になっているとわかったら、彼は求めることに容赦がなくなるだろう。

そうしたら自分も拒めなくなる。

「…う。ふ…っ」

全てを呑《の》み込むことができないほど大きくなったモノが喉《のど》を突く。

息が苦しくなったので一旦《いったん》口を離すと、ソレは手を添えなくても屹立《きつりつ》していた。

筋肉のしっかりと付いた彼の太腿《ふともも》に手を置いて、下から舌を使ってそれを舐《な》める。

身体の芯《しん》が疼《うず》く。

コレが欲しいと、胸が騒ぐ。

見ていてはいけないと目を閉じ、早くイッて欲しくて、舌だけでなく指も使って彼を愛撫《あいぶ》する。

やっと先から彼の最後の徴《しるし》が零《こぼ》れると、岩永の手が私の頭を捕らえて引き寄せた。

「咥えろ」

口の中で出すつもりか。

服に零れないように、しっかり根元を握って奥まで咥えると、頭に置かれていた彼の手がその心情を伝えた。

私の髪をいじる余裕が消え、手が止まる。指先に僅《わず》かに力が加わり、次の瞬間、口の中に苦いものが広がった。

「ごほ…ッ」

上手《うま》く飲み切れなくて咳《せ》き込むと、最後の滴が襟元へ飛んだ。

失態だ。

制服を汚すなんて。

「…濡《ぬ》れたタオルを持ってこい」

「かしこまりました」

立ち上がり、彼の方を見ずに洗面所へ急ぐ。

身体を拭《ぬぐ》うつもりなのだろうと、お湯で濡らして持って戻り、捧《ささ》げるように彼に手渡した。だが彼はそれで自分の身体を拭う前に、私の襟の汚れを拭った。

「汚したな」

その響きが少しすまなさそうに聞こえたのは、気のせいだろうか。

「すぐに着替えますので、ご安心ください。それより、お召し物を。風邪を引きます」

「空調の行き届いたホテルでか？　だが服は着ることにしよう、下着を持ってきてくれ」

やはり気のせいだったようだ。

命じられて、クローゼットから下着を取ってくる。彼の荷物を解いたのは私なので、その場所も指図されずにわかった。

スーツを取りに行かせた時に下着も、と言わなかったのは、彼の行動を予測させないためだったのだろう。

どこまでも、弄ばれている。

手を貸して、下着をつけさせ、ズボンをはかせ、ワイシャツを着せ、ネクタイを締めてやる。最後に本人がスーツを纏《まと》えば、立派な紳士の出来上がりだ。

「朝食が済んだらまた呼ぶ。下がっていいぞ」

「かしこまりました」

憎らしい。

自分はすっきりしたからか、もう人をホテルマン扱いして。さっきまで恋人でいろとうるさかったクセに。

「失礼いたします」

だが解放されることはありがたかったから、一礼すると部屋を後にした。

口の中に、まだ彼のものが残っている。

それでも、腹が立つより先に、彼を堪能《たんのう》できなかったことを惜しんでいる。

悔しくて、悔しくて、そのまま業務員用の通路を通ってトイレに駆け込んだ。

口の中をゆすぐために。

彼に火を点《つ》けられた身体を、一人で慰めるために……。


岩永は、最初から自分にとって苦手な客だった。

部屋に女を連れ込み、男を連れ込み、それをわざわざ見せつけたり、恋愛関係になる前から私にセクハラをしかけたり。

ただそれだけならば厄介な人物とカテゴライズするだけで終わったのに、反面、仕事も精力的で、できる男であるところも見せるから始末が悪い。

強烈なほど強い個性の男である、彼に心を傾けないわけにはいかなかった。

嫌な男と思いつつ、惹《ひ》かれてゆくのが止められなくなった。

宿泊中に彼が風邪で弱ると、仕事として彼に尽くすことへの喜びを満足させられ。彼の節操のない行動が、病気で腕を失うことへの不安をごまかすための自暴自棄のせいだったとわかると、人間味を感じ、『客』から『男』へと意識を変えさせられた。

その上、自分一人だけを愛すると言われては、もう観念するしかなかった。

けれど、彼を好きになった理由は、彼が弱いところを見せたからではない。

そこに人間味を感じ好感は持ったけれど、恋を感じたのは彼の強さにだった。

苦手だと思う彼の傲慢さに、仕事に熱心な姿に、何より腕を失うという苦境を乗り越えたその心に、惹かれてしまった。

だが、その強さも時と場合によりけりだ。

彼に求められることも嬉しいが、仕事中では迷惑千万。

誘惑されても応えるわけにはいかないし、我慢して彼から離れれば一人で醜態を晒さなくてはならない。

けれどプレジデンシャルスイートのお客様はバトラーを指名できるから、他《ほか》の者と替わるわけにもいかない。

替わって、その人間にちょっかいを出す可能性も心配だ。彼の過去の所業は、気弱故のものだったとしても、その可能性を疑わせるものだったから。

結局、滞在中、私は彼の誘惑と戦わなければならないのだ。

「仕事が休みの日にはちゃんとお相手いたしますよ」

と言っても、聞いてくれなかった。

「休みは休みだ。会えるチャンスに手を伸ばしてもいいだろう」

「仕事は尊重してくださるのではないのですか？」

「だから言っただろう。仕事は俺以外のところでしろと」

「このホテル全てが、私の仕事場です。岩永様もここに泊まられてる以上私のお客様です」

コーヒーのルームサービスを頼まれて部屋を訪れた今も、またその話題だ。

書類の整理を頼まれていなければ、すぐに部屋を出るところだが、『お客様』に手伝いを頼まれては退室することもできない。

結局、リビングの小テーブルの上でパソコンを叩《たた》く彼の横に立ち、渡された何かの書類をナンバリング順に並べながら節度をもった文句を言うだけだ。

「俺を客として扱うのか？　恋人として扱うのか？　どっちなんだ」

「プライベートでは恋人だと認めますが、ここではお客様です」

「いちいち区別するのか」

「させていただきます。それがご不満なら、私の仕事場に足を踏み入れないでください」

「俺に会いたくない？」

「そんなことは申しておりません」

揃《そろ》え終わった書類を整え、テーブルの端に置く。

「じゃ、俺が来ることをどう思ってる？」

キーボードを打つ手を止めてじっと見つめられると、嘘《うそ》はつけない。

「…お会いできることは嬉しいです」

負けを認めるみたいで悔しいが。

本当に、彼との付き合いは戦いというか、葛藤《かっとう》の連続だ。真実を告げて恋人の機嫌を取るか、仕事に徹して彼の気分を害するか。

「本当に？」

「好きな人の顔を見られることは嬉しいに決まってます。でもだからこそ困るんです」

「困る？」

「仕事とプライベートは分けたいんです。もし私が岩永様の会社へ伺って、我が物顔でお仕事の邪魔をしては迷惑でしょう？」

「そうしてくれるぐらい惚れてるんだと喜ぶさ」

…ダメだ。

「どうしてそんなに私の邪魔をしたいんです？　まさか私に仕事を辞めろとかおっしゃるんじゃないでしょうね？」

「そんなことは言わないさ。そうできれば嬉しいが、ここで働いてるお前の姿を見るのも好きだ」

「それでは…」

「だからこそ、何よりも仕事を優先させるお前が、仕事より私を優先してくれるのを見たいんだ」

勝手な。

「それではまるで駄々《だだ》っ子みたいじゃないですか」

「その通りさ。甘えてるんだ」

嬉しい言葉だが、にやにやしながら言われても信憑性《しんぴょうせい》は薄い。

「肩が冷えると痛むでしょう。上着を取ってまいります」

居心地が悪くなって、その場を離れクローゼットへ向かう。

薄物の上着を取って戻り、彼の肩にかけると、岩永は皮肉っぽく口元を歪《ゆが》めた。

「これは客に対する優しさか」

「ご不満ですか？」

「いや。お前がしてくれることは何でも嬉しいさ」

「手が止まってらっしゃいますが、休憩なさるのでしたら、コーヒーをお淹《い》れしましょうか？」

「そうだな」

答えて、彼の手がラップトップのパソコンをたたむ。

その拍子に彼の肘が当たり、私がテーブルの端に置いた書類がバサバサと床へ散った。

「どうぞそのままで。私が拾います」

床に屈《かが》み込み、散った紙を拾う。

「どうぞ」

整えてテーブルの上へ戻し、彼に微笑《ほほえ》みかけた。

「ありがとう」

彼に対して、客へのサービスを提供することは好きだ。

自分の手で、『お客様』に幸福を味わわせることが自分の務めであると信じているから。それを彼に対して行えることが嬉しい。

どうしてそれをわかってくれないのか。

どうしてそれを受け入れてくれないのか。

「ミルクと砂糖はどうなさいますか？」

「何も入れなくていい」

「はい。それではどうぞ」

ソーサーごとコーヒーのカップをテーブルの上に置く。

「何か甘いものでもお摘まみになりますか？　クッキーを添えてまいりましたが」

「いいや、結構」

彼の手が、コーヒーのカップではなく、私の腰に伸びてくるから半歩引いて手を逃れる。

「そんなに嫌がるなら、暫《しばら》くここへは来ないようにしようか？」

意地悪なことを。

「会いたくないと言っているわけではありません。仕事の邪魔をしないで欲しいと言ってるだけです。滞在してくださるのは歓迎しております」

この言葉を引き出したかったのだという笑顔を見せられると、これもまた少し悔しい。

「客として、か？　金払いはいいものな」

「…ええ、そうですね。岩永様はアステロイドにとって大切なお客様ですから」

「つれないことを。俺をいじめて楽しんでるところが憎らしい」

どっちがいじめてるんだか。

私の恋心を知っているくせに。

ここで『あなたが一番』と言えないわけではない。彼とこのホテルで寝てしまった時に、私の心は決まっていた。

だがそれを認めたくはないし、そういう関係を続けたくないのだ。

「明日一度チェックアウトするが、来週また来る。またお前を指名するから、予約を頼む。いいんだろう？」

「もちろんです。かしこまりました」

もう一度彼は手を伸ばし、少しバランスを崩すようにして身体を傾けると、今度は私を捕まえて引き寄せた。

だが引き寄せただけで、特に何をするというわけでもないので、それを受け入れる。

「今度は捕まるんだな」

心が彼にある以上逃げ切れない、と指摘されたようで嫌な言い方だ。

「バランスを崩されたようですから、お支えしただけです」

「なるほどね」

そんな言い訳をしても、わかってるぞ。やっぱり捕まりたいんだろうという顔。

「働いている浮島を見ているのは好きだ。強くて、凜《りん》としていて。だが私を恋人として見ていない態度がシャクにさわる」

「お客様は皆平等に扱うのがホテルマンの基本です」

「私を他と一緒にするわけだ」

その答えに、彼がふふっと笑う。

「当然です」

「お前らしい答えだ」

「私は、浮島がホテルマンであることに誇りを持っていることも、その仕事が好きなことも知っている。優しくて、強いことも。だが時々無性にそれを崩してやりたくなる」

腰を捕らえていた手が解かれる。だが私の身体に寄りかかるようにしていた頭はそのまま残った。

これでは身体を離すわけにはいかない。

「明日、チェックアウトする」

「明日、ですか？　ご宿泊は明後日《あさって》までと伺っておりましたが」

「仕事が入って、ちょっと遠出をしなくてはならなくなった。昼にはここを発《た》つから荷物をまとめてくれ」

「今でしょうか？　明日の朝になさいますか？」

「明日の朝でいい。浮島」

「はい」

「キスを」

「…またそのようなことを。ここでは…」

「キスを」

甘やかしてはいけない。ここで甘やかせば、彼も、自分もずるずるといってしまう。

「休みの日にデートしたら、ご要望にお応えします」

だから彼の身体をそっと押し戻し、距離を置いた。

「御用がなければこれで下がらせていただきます。何か御用は？」

岩永は不満そうな顔で「ない」とだけ答えた。

もう引き留める手も伸びてこない。

彼の左手は、コーヒーのカップを口元へ運ぶために動いていた。

「では、失礼いたします」

部屋を出ると、私は従業員控室へ向かった。

二十四時間待機で部屋付きになると、仮眠用の個室が占有できるので、小さな部屋へ入ってドアを閉じ、ベッドへ腰を下ろす。

いつまでこのゲームを続けなければならないのか。

手札の中身はどう見たって私の方が不利だ。

ホテル内では恋人にならない理由は、私の心の問題で、岩永の言う通り、密室での逢瀬《おうせ》を咎《とが》める者はいない。

彼のいうことなら何でも聞いてしまいたくなるくらい惚れてしまってる上、他人に尽くして幸福を与えるのが趣味。

このまま強く押され、彼が私を手に入れることで幸福だということをアピールし続けたら、もうポリシーなどどうなってもいいと思ってしまうかもしれない。

どうして、恋人の手を拒み続けなければならないのか。

そのことに既にうっすらと疑問すら持ち始めている。

「…いけないいな。彼に毒されてる」

人間は誘惑に弱い。自分もだ。きっと一つを『まあいいか』と思うようになったら、他のことも『まあいいか』で済ますようになるだろう。

そうなったら仕事を疎かにしてしまうような気がする。

自分にとって、仕事は金を稼ぐための手段ではなく、自己を確立させるための指針だ。こうありたい、と願う自分を形作るための土台だ。

それを疎かにすることは自分が堕落してゆく気がする。

だから、ここで踏み留まらなくては。

自分の、凛としている姿が好きだと言ってくれた岩永のためにも。

「何が目的か、本末転倒だな。彼に愛されたいために仕事をちゃんとする。そのために彼の誘惑を退けるなんて」

今度の休みは、全て岩永に捧げよう。

そうすれば彼の欲求も、自分の欲求も満足することだろう。

そうすればきっとまた仕事に専念できるだろう。

きっと…。


翌日、朝食を届け、岩永の荷物をまとめている時に、その提案を口にしてみた。

「プライベートなら、あなたの望みが叶《かな》えられますけど、どうします？」

顔は見なかった。

わざと、作業をしている自分の手元だけを見ていた。

自分からこんなことを言い出すのが恥ずかしくて。

「望み？」

「恋人のようにベタベタする、です。水曜なら休みですから、外ででも会って…」

でも喜ぶだろうと確信していた。だから提案したのだが、返事は予想外だった。

「水曜か。その日は仕事だ」

「そうですか…」

予定を繰り上げてチェックアウトすると言ったのだから、想定しておくべきだったのに、私はその返事に落胆した。

「あなただって、仕事を優先するんじゃありませんか」

落胆がそんなセリフを言わせてしまう。

ああ、これはホテルマンのセリフじゃない。

それに彼がそう言うのは仕方のないことではないか。私の仕事は私だけの責任だが、彼が仕事を怠れば彼の会社の社員全員に被害が及ぶ。

簡単に放棄できなくて当然だ。

だが、お前より社員が、会社の方が大切だと言われたようでいい気分ではない。

…なるほど。彼が味わうのはこういう気分か。

仕事と私とどちらが大事、なんてくだらないことは言わない。比べても仕方のないことだとわかっている。

でも、感情は別物なのだ。

「残念ですが、しょうがないですね。稼いでいただかなければ、ここへいらっしゃれませんものね」

全てわかっているのに、そんな強がりを言ってしまうのも、そのせいだ。しかも、これもまたお客様に向けるようなセリフではない。

これでは、仕事を優先されて気分が悪いというのがバレバレだな。

「会えなくて寂しいぐらい言ったらどうだ？」

「言って欲しければ、あまり悪さをなさらないことですね」

「キスされるのも、抱かれるのも好きだろう？」

そんな、誰でもいいような言い方を。

それは全て、あなただから悦んでいることなのに。

「さあ、どうでしょう」

上手く、嚙《か》み合わない。

お互い、相手の立場をちゃんとわかっているのに、理性では動かない部分があるからだ。

「私の腕の中へ来たらどうだ？」

「仕事中です」

「浮島」

「もう一度クローゼットをチェックしてまいります」

呼ばれた声を無視して、私はクローゼットへ向かった。

まるで、獣が捕らえた獲物を爪先《つまさき》でもてあそぶように、私をもてあそんでいる。

何度ダメと言っても、聞いてくれない。誘えば私が乗ると思ってるのだろうか？　私の言葉はそんなに軽いのだろうか？

普通の恋人なら、お互い別の仕事をして、離れている時もあるだろう。その最中に相手に自分のことだけ考えろとは言うまい。顔を合わせることもできない距離があるから、言いたくても言えないものだ。

けれど、彼は私の仕事場に踏み入ることができるから、我慢ができなくなるのかも。

私も、彼の会社に行ったらそうなるのだろうか？

仕事を止めて私を抱いて、とか？

…笑えない想像だ。

クローゼットが空なのを確認し、再びリビングへ戻ると、彼は朝食を終えてソファでタバコを吸っていた。

視線は、カーテンを開けた窓の外へ向いている。

自分を視線だけでも追ってくれているかと思っていたのに。

だが、背を向けて遠くを見ている彼の姿は、声を掛けずにずっと見ていたいほど美しかった。

均整のとれた身体にぴったりとした仕立ての良いスーツ。大きな手の指先には紫煙を立ち上らせるタバコ。長く、無造作に伸ばされた足。

眺めているガラスの向こうには青い空に白い雲が流紋のような条《すじ》を立ちのぼらせ、霞《かす》んだビルの群れも見える。

私の美しいホテルに、私の愛《いと》しい男。

一枚の絵のようで、声をかけるのも憚《はばか》られた。

だが、彼が振り向いてしまったから、鑑賞の時間は終わりだった。

「お食事を終えられたのでしたら、そろそろベルキャプテンを呼びましょうか」

まとめた荷物の傍らに歩み寄り、扉の側《そば》へそれを移す。

岩永はテーブルの上の灰皿でタバコを消し、そんな私の背後に立った。

「その前にキスぐらいいいだろう。これだけ金を落としたんだ、サービスしてくれても」

言われて背後から抱き寄せられる。

緩く回された左腕だけなのだから、逃れられないわけではないのに、離れられない。

「私のキスは金で買えるものではありませんよ」

「恋人でもダメ、客でもダメ。それじゃどうしたら与えられるんだ？」

そう言われて、振り向いてしまうのは自分の弱さだ。

重なる彼の唇に、力が抜けてしまうのも、私の弱さ。

「ん…」

舌を差し込まれ、口の中を荒らされる。

ただそれだけでもこめかみの辺りが疼く。

もっと激しく、この先も、と望みたくなる。

手を回してはダメだ。

自分から求めてはダメだ。

自分に言い聞かせなければ応えてしまいたくなる。

これで暫く彼に会えないとわかってしまったから。

からかわれても、何をされても、やはり彼を愛しているという気持ちに変わりがないから。

「やはりキスは好きみたいだな」

唇を離した後、彼はそう言って皮肉っぽく笑った。こちらの忍耐も知らずに。

「誰でも同じですよ」

恋人とキスしたら、誰だってこうなる。

それは自分への言い訳だ。

「ベルキャプテンを呼んでよろしいですか?」

「いいとも。私も仕事があるから、これ以上は我慢しよう」

手も離れ、身体も離れ、彼が離れる。

荷物を運ぶベルキャプテンを電話で呼び出し、ベルキャプテンが来てしまえば、自分と岩永の時間は終わる。

恋人という立場だけだったら、抱き合ってキスして、次の約束ができるのに。今の自分ができるのは、彼の背中に頭を下げることだけ。

「またおこしくださいませ」

礼儀正しく、他人行儀に。

「お待ちしております」

と僅《わず》かな本音を口にして。

自分の生活を揺るがす、たった一人の男の存在が消えると、ホテルはまた単なる仕事場に戻った。

平穏と言ってしまえば平穏だが、退屈で寂しい毎日でもある。

自分のマンションの部屋で目を覚まし、シャワーを浴びる。意識を覚醒《かくせい》させるためでもあるが、お客様に不快感を与えないための身だしなみだ。

部屋は2DK。ホテルとは違い生活感に満ちた空間だが、これでも多分他の人間よりはずっとすっきりとしているだろう。

汚い部屋で生活していては、よいサービスなどできない。自分の生活空間でこそ美意識を培うべきだという考えからだ。

なので、全体はモノトーンで統一し、ベッドは大きめ、家具は少なく高級なものを選んでいる。

食事も、ちゃんと自分で作ってしっかり食べていた。

都内では、車での移動よりも電車の方が時間を守れるし、車は維持費がかかるので、電車で通勤している。

通勤の服装は、現場でバトラー用の制服に着替え易《やす》いようにラフなものを選んでいる。だが、ホテルに出入りするのにみっともなくない程度のラフさだ。

シフトによって変わる勤務時間を守って出勤し、従業員用の通路を通って担当フロアにあるロッカールームで制服に着替え、控室へ。

ミーティングルームでもある控室には、大きなテーブルがあり、前夜からの人間と出勤してきた者が集まり、テーブルに付いて申し送りをする。部屋の隅には電話と、パソコンが置かれている。

以前はパソコンで打ち出した紙を手にお客様がそれまでに提供を受けたサービスや、クレームがついたこと、ちょっとした言葉の端から気づいた要望などを、次の担当者に伝えていたが、今は経費削減とスピードを考えてタブレットを使用している。

この些細《ささい》な申し送りが、不変的なサービスを提供できる基となる。

午前中はチェックアウトの準備が整ったお客様の呼び出しを受けて部屋へ行き、出立のお手伝いを、午後はフロントからチェックインが伝えられると、お部屋へご挨拶《あいさつ》に伺う。

それ以外はここで待機しながら幾つか担当している部屋から呼び出しがあればそれぞれの部屋でサ

ービスに努める。

一つの部屋は時間ごとに各フロアを担当する複数の人間が受け持つ。

若い女性客の部屋を深夜に訪れる時には女性のバトラーを、という心遣いはするが、普通は電話を取った手の空いている者が伺うわけだ。

バトラーサービスはスタンダードのお部屋にも提供している宿泊客への基本サービスなのだが、個人指名を受けることもあった。

それが『部屋付き』というもので、その場合は、たった一人が二十四時間体制でそのお部屋だけにサービスを行う。

何人もの人間が部屋に入るのを好まないお客様や、一人の人間を気に入って、また次もこの人に、と願う客がいるからだ。

もっとも、うちクラスの都市型高級ホテルでは長逗留《とうりゅう》の客は少なく、せいぜい三日程度。

岩永のように頻繁にやってくる客の方が珍しい。

疑われるわけではないのだが、一応他の者には、彼がここを仕事上の応接室にしているようだ、と説明はしていた。

他にも、個人指名を受ける者はいるので、今のところ岩永が自分を指名していることは不自然には思われていないのだが。

たとえば、今申し送りをしている綾瀬《あやせ》さんだ。

彼は私よりもキャリアのあるバトラーだが、以前ご夫婦で宿泊されたお客様のご主人が亡くなり、遺《のこ》された奥様が往時を懐かしんで、こちらへ泊まられる際にはいつも彼を指名する。

どうやら息子さんが海外に行ってしまったので、綾瀬さんを息子のように思っているらしい。

その綾瀬さんが、傍らに座っていた若い赤木《あかぎ》に向かってにやにやと笑いながら言った。

「赤木、今日から下のフロアから応援で溝口《みぞぐち》さん入るぞ」

溝口、というのは階下のフロア担当のバトラーで、赤木が心を寄せている女性だ。

「え、本当ですか？」

赤木の顔がパッと輝く。

下心が見え見えで可愛《かわい》いものだ。

「ああ。私は今松原《まつばら》様の部屋付きだし、今日から浮島も部屋付きになる。二人抜けると手が足りなくなるからな」

その言葉に、チェック表を見ていた私も顔を上げた。

「私が部屋付きですか？」

岩永が帰ったから、暫くは通常勤務だと思っていたのに。

綾瀬さんの言葉に、私はタブレットのスケジュール表に目を落とした。

確かに、私のシフトが『部屋付き』になっている。

「本日からご宿泊の、ポール・グレイ様がお前をご指名だ。昨夜予約が入った。チェックインはレイト。八時頃《ごろ》になるらしい」

「外国の方ですか」

「アメリカの方らしい。だが予約受付のカウンターからは、日本語堪能と書かれてきた」

タブレットの画面を拡大し、言われたことをチェックする。

お客様の名前と基本の情報と要望。そして『ご指名』の文字。

ポール・グレイ、か…。

聞き覚えのない名前だ。

「宿泊歴のない、初めてのお客様ですね」

年齢は三十歳前後と書かれているが、初めての方なら、これは電話を受けた印象だろう。外国人の年齢は声だけでは読みにくいから少し幅を広げて考えておいた方がいいかも知れない。

「どなたかのご紹介じゃないか？　名前を知ってるんだから」

「そうですね」

「いいなぁ、俺も早く個人指名されるようになりたいですよ。俺、まだあの個室使ったことないんですよ」

羨《うらや》ましそうに赤木が言う『個室』とは、二十四時間待機の時に使う仮眠室のことだ。

「お前は若いから、そのうち有閑マダムにご指名されるかもな。だがお誘いに応えたらクビだぞ」

綾瀬さんのその言葉にビクッとする。

「バトラーサービスがいかがわしいサービスと誤解されたら困る」

「わかってますよ」

「ま、お前は溝口さん狙《ねら》いだから安心か」

「狙いって、別に…」

そうだ。自分のポリシーだの何だのというより、そちらの方が重大だ。

岩永との恋愛は真剣だから、あまり気にしてはいなかったが、他人から見ればそれが真剣だろうと何だろうとホテルで性的なサービスをしていると受け取られかねない。

やはりここで彼に応えてはいけないのだ。

「チェックインが八時なら、それまでは通常業務に入りますよ」

「そうしてくれ。ああ、尾上《おがみ》様から枕《まくら》を替えて欲しいとオーダーがあったから、ソバガラの枕をお持ちしてくれ。それから、皆川《みながわ》様はターンダウンはキャンセルだそうだ」

「わかりました」

滞在客のオーダーと、新しい宿泊客の準備。

いつもの会話を繰り返しながら、私は自分を指名した客のことを考えていた。

部屋はエグゼクティヴスイートで、滞在の予定は三日。延泊の可能性あり。宿泊はお一人様で、用意するミネラルウォーターの指定もある。

ということは当然かなりの金持ちだろう。

そして連泊するなら、日本旅行か、仕事か。

トラブルの少ない客だといいんだが。

「失礼します。溝口です」

ノックの音がして、髪を後ろに纏めた細面の目の大きな女性が入ってくる。

途端に赤木の背筋が伸びたのを見て、少し笑ってしまった。

いい恋愛だ、可愛らしくて。

「赤木、溝口さんに申し送りの説明をしてあげろ。俺は仮眠してくるから」

綾瀬さんもそう思ったのだろう、笑みを浮かべながら命じると、そのまま個室の方へ姿を消した。

「あ、じゃあ。えっと…、本日の宿泊は五組です」

私も、他の者も、二人の邪魔をしないように席を離れた。

「綾瀬さんと浮島さんが部屋付きになるので、他の方を私達《たち》が担当することになります。こちらがリストで…」

自分の客のデータをチェックしながら、仕事優先とささやかな社内恋愛に貢献するために。

新聞は英字新聞、テーブルにウェルカムフラワーとチョコレートを飾り、冷蔵庫にはアメリカ人の好きそうなドリンクを追加する。

清掃は部屋係がすることなので、自分のやるべきことはそのチェックだ。

もちろん、当ホテルのプロがやるのでミスなどないが、以前掃除用の洗剤を置き忘れた者がいたので、念のため全てを確認する。

通常のチェックインの時間までにするのはそこまでで、後は他の部屋の仕事を手伝っていたが、八時を少し回った時、フロントから連絡が入った。

『グレイ様が到着なさいました』

電話の向こうから、フロントの声がする。

「ご様子は？」

『ハンサムで精力的な感じ。日本語は会話だけでなく読み書きもＯＫ。日本人の友人がいるらしい。食事は済ませてあるが、ワインの白をご所望だ。グラスは一つ』

「銘柄の指定は？」

『ない。下のレストランで用意するからすぐ取りに来てくれ』

「わかりました」

お客様の前では決して走ってはいけないが、裏ではサービスが遅れないようにダッシュすることもしばしば。

挨拶だけだと思っていたが、お届け物があるのなら、それをいち早く届けなければならないので、電話を切ると私は従業員エレベーターでレストランフロアへ向かった。

「浮島です。ワインを取りに来ました」

「そちらのワゴンに用意してあります。白ということでしたのでドイツワインを用意しましたが、チリとカリフォルニア、フランス、イタリア、スペインの用意もあります。取り替える時には連絡を」

「わかりました。銘柄の指定はないようですから大丈夫でしょう」

ワインとグラス、それにサービスとしてチーズとドライフィグを並べた皿をワゴンに載せ、今度はすぐに部屋へ。

エレベーターの中で衣服をチェックし、廊下に出たらゆっくりとした動きでワゴンを押す。

部屋のチャイムを鳴らすと、少し間を置いてから「どなた」という声が聞こえる。

「失礼いたします。バトラーでございます。ワインをお持ちいたしました」

それに対する返事はなく、すぐに扉が開いた。

「どうぞ」

ちょっとクセのある金髪、緑の瞳。背は私よりも高くにこやかな笑顔を浮かべるその顔は、フロントの言う通りハンサムだ。

「失礼いたします」

ポケットからドアストッパーを取り出して素早く扉の下に挟み、ワゴンを中まで入れてからそれを抜き取る。

「どちらへお持ちいたしましょうか？」

「ああ、ここでいいよ」

彼はリビングのソファに腰を下ろし、目の前のテーブルを示した。

「ワインはドイツの物にいたしましたが、これでよろしいでしょうか？」

ボトルを手に取り、両手で支えながら彼の目の前にラベルを提示する。

「かまわない。開けてくれ」

「かしこまりました」

ソムリエナイフを使ってワインを開け、コルクを渡す。お客様が香りを嗅《か》いで頷《うなず》いたので、そのままグラスへ注いだ。

「こちらのチーズはサービスでございます」

「ありがとう」

「ご挨拶が遅れました。私がグレイ様のお部屋を担当させていただきます、バトラーの浮島でございます」

ソファに深く腰掛けたまま、彼は私を見ていた。

こういうサービスにも慣れた様子だ。

「当ホテルは初めてでしょうか？」

「ああ」

「それでは、お部屋の案内をさせていただきます。こちらが冷蔵庫になっておりまして、上にミニバーのご用意がございます。こちらはコーヒーメーカーで、カートリッジをセットしていただいて…」

部屋の設備を案内している間も、彼は視線だけで私を追い、自分はソファに座ったままだった。

「大体はわかるから、もういいよ」

「よろしいですか？」

「ああ。わからないことがあったら、電話で訊《き》けばいいんだろう？」

「はい。いつでもご連絡くださいませ。枕等にお好みがありましたら、ご用意もありますのでお申し付けいただければ」

「いや、別に。特に指定はないからいいよ」

「然様《さよう》でございますか」

「それより質問していいかな？」

「どうぞ、何なりと」

「バトラーと言うのは、どういうサービスをしてくれるのかな？」

この質問は初めての方によくされるものなので、心得ている。

「お部屋のサービスの全てを、執り行わせていただきます。ルームサービスやコンシェルジュのようなことも私が承ります」

「話し相手にもなる？」

「私でよろしければ」

「ではグラスを持ってきて、私の酒の相手をしろ、と言ったら？」

「申し訳ございません。私は仕事中ですので、アルコールを含め、飲食はご遠慮させていただいております」

「外に出掛ける時に付いて来て欲しいと言ったら？」

「あくまでホテル内のみのサービスとさせていただきます」

「ふぅん…」

何だろう。

私を指名したのだから、ある程度はシステムについて知っているものだと思ったのに。

「失礼ながら、私をご指名なさったのはどのような理由からでしょうか？」

「ああ、友人がここを使っていてね。君がいいバトラーだというから」

「お友達ですか？　差し支えなければお名前を…」

グレイ氏はワインの入ったグラスを指先で持ち、顔の前で軽く揺らした。

「秘密さ。そのうち教えてあげよう。だが正直、私は彼が褒めるほど君が優秀なのかどうかがわからない。なので、少し試してもいいかな？」

彼、ということは紹介者は男性か。

「どうぞ、ご存分に。ご満足いただけますよう、誠心誠意努めさせていただきます」

「では、荷解《ほど》きを頼もうか。それは頼めるサービスかな？」

「もちろんでございます。それでは、失礼して、カバンを開けさせていただきます」

一礼して、奥のウォークインクローゼットへ向かう。グレイ氏の荷物は、ご本人より先に宅配でホテルへ到着し、大きな二つのトランクは私がそこへ置いたのだ。

開けたブランド物のトランクの中は、きちんと整理されていた。

彼は、几帳面《きちょうめん》な性格なのかも知れない。そして旅馴《たびな》れてもいるのだろう。三日間の滞在なのに、シューズケースが三つもある。日本人はシューズケースを持ち歩く習慣があまりなく、スーツの替えは持ち歩いても、靴の替えは持ち歩かない人が多い。持っていても一つぐらいだ。

けれど彼は黒、茶、コンビとＴＰＯに対応するものをちゃんと揃えていた。

スーツの方もそうだ。

何着もの替えが入っている。

それを全てクローゼットにかけてブラシをし、ワイシャツをタンスにしまい、靴もシューズケースから出して並べる。

化粧品やコロンなどは洗面台に並べた。

「ご用意させていただきましたが、もし不備などがございましたらお申し付けください」

リビングでは、彼がまだワインを飲んでいた。

その視線がこちらに向く。

「ウェルカムのドリンクのご用意もございますが、いかがしますか？」

「いや、ワインだけで結構」

「それでは、こちらにサインをいただけますでしょうか？」

ルームサービスの伝票を差し出すと、彼は伝票を受け取ることなく、私の手の上でサラサラとサインをした。

「部屋付きにすると二十四時間君が対応するんだろう？」

「はい」

「君は何時《いつ》眠るんだい？」

「タイミングを見て、休ませていただいております」

「もし君が病気になったりしたらどうなるんだ？」

「そのようなことがないよう心掛けておりますが、その場合には他の者に交替することになると思います。ですが、当ホテルのバトラーは、皆優秀ですので、他の者でもご満足いただけるかと」

値踏みされているのだろうか？

そういえば、以前他の者から『日本人がバトラーなんて』という態度の外国の方がいらしたと聞いたことがある。

あれはできるか、これはできるか、と色々注文を出されて困った、と。

この方もそういう考えなのだろうか？

「若い女性もいるのかい？」

「おります」

「美人？」

嫌な質問だが、私はにっこりと笑った。

「人の美醜はお好みですから。見苦しくない程度の容姿ではあると思います。グレイ様のお好みであればよろしいですが」

「私の美的感覚か…。君は美男だと思う」

「ありがとうございます」

「態度も、言葉遣いもいい。姿勢もいい。日本人は猫背が多いと聞いていたが、私の知ってる者は皆姿勢がいい。自信の表れだろう」

女性がいるか、美人かなどと言い出したから、変な考えを持っているのではないかと思ったが、考え過ぎだったか。

「君はいいホテルマンだ。紹介者も、いい目をしてる」

「ありがとうございます。他に何か御用はございますでしょうか？」

「いや、今はない」

「明日の朝食はいかがなさいますか？」

「後でチェックカードを出しておこう。それでいいか？」

「はい」

「今日は長旅で疲れたから、明口ゆっくりと君のサービスを堪能することにしよう」

「かしこまりました。それでは失礼いたします」

「ああ。ありがとう」

礼をする私に微笑み、新聞を手に取った。

もう、部屋に他人がいることを気にもしていない。

人を使うことに慣れている人なのだろう。こういう客は接し易い。

私は少し安堵《あんど》して、退室した。

この接客では、満足のゆくサービスを提供できそうだ、と。


夜中の二時に一旦グレイ氏の部屋へ行き、ドアノブにかかったモーニングのオーダー札を回収してから個室で仮眠を取る。

翌朝は六時に起きて身支度を整え、新聞をお部屋に届け、呼び出しが来るまでは控室で申し送りに加わり、他の者の手伝いをする。

いつグレイ氏に呼ばれるかわからないから実際に他の部屋を訪れることはできないが、準備や情報の管理など、パソコンでできることをメインに協力する。

グレイ氏が指定した時間になると、階下のレストランから届いた朝食をお届けにあがる。

グレイ氏は、部屋着で私を迎えた。

テーブルをしつらえ、食事をセッティングし、退出しようとすると声をかけられた。

「今日は銀座に行く予定なんだが、車の手配を頼みたい」

「かしこまりました」

「『グェン・マシュー』という店に行きたいんだが、場所とその店のことを調べてくれるか。それと、昼食にお勧めのレストランをピックアップして欲しい」

「では後程プリントアウトしてお届けしましょう」

「頼むよ」

一礼して退出し、控室のパソコンで言われたことを調べる。

プリントアウトの必要があるものは、タブレットではなくこちらで調べる。フロントのコンシェルジュデスクとも連動しているので、情報を入手するのが早いからだ。

彼が昼食のレストランを指定しなかったということは、私が彼の好みの店をリストアップできるかどうかを試しているのだろう。

いや、彼にその意図があるかどうかは別として、私はそのつもりで考えた。

アメリカ人で、日本語が堪能。

恐らく、何度も来日して、日本人のご友人も多いに違いない。となればありきたりな店は既にそのご友人達に案内されているかもしれない。

行ったことがなさそうで、品格があって、予約が取れそうか予約無しでも入れる店。

もちろん、料理も満足できるものでないと。

取り敢《あ》えずコンシェルジュと相談して、和食の店を二軒、フランス料理の店を一軒セレクトした。

そして、もしよろしかったらと一言つけて焼き鳥屋も。

彼にそれを渡すと、やはり焼き鳥屋に興味を示した。

「私は友人とゆっくり食事をしたいのだが、焼き鳥屋というのは居酒屋のようなものだろう？　落ち着いて食事ができるのか？」

既にスーツに着替えた彼は、お渡ししたプリントをゆっくりと一枚ずつ眺めて言った。

「こちらのお店は古くからある店で、建物自体が木造建築として趣のある店で一見の価値があるかと。それにお食事は焼き鳥だけでなく、鶏鍋《とりなべ》や親子丼など、鶏《とり》料理が色々と用意されております。グレイ様は日本にお詳しいようでしたので、変わったお店もよろしいかと」

「ふむ…。そうだな、友人と相談してみよう」

手放しで喜びはしなかったが、満足はしたようだ。

「ありがとう。では出掛けるとしよう。戻るのは夕方だ。それまでは自由にしているといい」

彼は紙を折り畳み、スーツのポケットへしまった。

そしてそのまま、私よりも先に部屋を出て行った。

戸惑ったり、物怖《ものお》じする様子はカケラもない。本当に、こういう生活に慣れている感じだ。

間を置かず彼を追うように部屋を出た私は、エレベーターホールまで彼を追い、エレベーターに乗ろうとしているところで頭を下げた。

「いってらっしゃいませ」

言葉はなく、頭を上げた時にはエレベーターの扉はもう閉まっていた。

夕方まで戻らないとは言っていたが、確証はない。

「部屋の清掃は早めにやってもらうか…」

お客様がお戻りになった時には、美しい部屋で迎えるべきだというのは当たり前だが、この環境に慣れている客が相手だと思うと、余計に心が引き締まる。

何をしても喜んでくれる新規のお客様の相手も楽しいが、グレイ氏のようにサービス慣れしているお客様を相手にするのも楽しい。

今度はどうやって驚かせようか、と。

今まで彼が体験したことのないサービスを提供してさしあげたい。

「岩永さんじゃその楽しみは味わえないからな」

彼は、何をしても喜んでくれる。けれどそれは恋人の私がすることに対して、だ。バトラーとしての私がしてあげることにはあまり喜びを感じてくれていないと思う。たまに口にする要望も、バトラーに対するものではないから、尽くし甲斐《がい》がないのだ。

彼を、自分の手で喜ばせたい。

この手で、幸福にしてあげたい。

だが彼は、私の仕事ではそれを望んでいないのだ。

その物足りなさを埋めるには、この新しい客は最適かもしれない。

「さて、今夜は何を望まれるかな」

純粋な職業意識として、グレイ氏への期待と興味を抱き、私は控室へ戻った。

グレイ氏へのサービスを色々と思い回らせながら。


夕方には戻られるという話だったが、グレイ氏は夕食を外で済ませてきたらしい。

再び彼に呼び出されたのは、夜の九時を回ってからだったから。

ルームサービスでコーヒーを頼まれたのだが、丁度ホテルの期間限定サービスでバスタイムセレクトというのをやっていて、入浴剤やアロマキャンドルの提供があると告げると、面白《おもしろ》そうだからそれも持ってきて欲しいと頼まれた。

近年、ホテルの利用客は客層が変わってきている。

以前はアステロイドのような都市型高級ホテルの主軸は、乗り換え客だった。

つまりどこかから、どこかへ移動する際に、ここに宿泊して用意を整えるというものだ。それもビジネス関連の男性客が多く、宿泊は一泊程度。

だが、今は女性が友人同士で休日を楽しむというものが多く、サービスも自然女性受けのいいものを用意するようになっていた。

スパだとか、マッサージだとか、ブランドとコラボしたアメニティとか。

このバスタイムセレクションもその一つだ。

なので、お勧めはしたが、男性であるグレイ氏の興味がいかばかりかは、量りかねた。

「失礼いたします」

まずはオーダーされていたコーヒーを、彼の目の前にセットする。

「今日の昼間、君の教えてくれた店へ行ってみたよ。焼き鳥屋」

「いかがでしたか？　お口に合いましたでしょうか？」

彼はソファで雑誌を読んでいた。

昨日とはまた違う部屋着に着替えていて、ニットタイプの腰丈の長いローブを纏い、くつろいでいる様子だ。

「よかったよ、面白かった。ああいう店もいいね」

「それはようございました」

「君を紹介してくれた人間と一緒だったんだよ」

私の紹介者か。

「どなた様でしょう。まだ秘密ですか？」

一度秘密にされたから、返事が来るとは思わずに問いかけてみる。一度訊いて答えを得られない時というのは、内緒にしろと約束をしていることが多いから。

「おや言わなかったか？」

だが彼は、驚くほどあっさりとその名を口にした。

「岩永だよ」

「岩永様…でしたか」

それは意外でもあり、当然のような気もした。

グレイ氏は、どこか岩永と雰囲気が似ていたから。

「その名に覚えがあるんだな」

「はい。よくご利用いただいております」

「ああ。彼も、君は有能なバトラーだと褒めていた。店を紹介してくれたのが君だと言うと、君ならばこういうトリッキーな店をセレクトするだろうと言ってたよ。浮島は、通り一遍のサービスではなく、相手を喜ばせる術《すべ》を心得てるからとね」

「トリッキーですか」

「いい意味だろう」

社交辞令だとは思うが、私には嬉しい言葉だった。

岩永は、私の仕事について普段何も言わないから。

他人に対して、私の仕事を認めてくれるようなことを口にしていたというのは、素直に嬉しい。意地悪もイタズラもするけれど、ちゃんと見ていてくれたのか、と。

それを顔に出すわけにはいかないが、心の中では浮かれてしまった。

「それが、バスセット？」

そんな浮ついた気持ちを、お客様の言葉が引き戻す。

「はい」

グレイ氏が読んでいた雑誌を傍らに置き、私が持ってきたバスケットを覗《のぞ》き込んだ。

「綺麗《きれい》なパッケージだな。説明してくれるか？」

岩永の友人だとわかったからではないが、私は上機嫌で彼に説明を始めた。

「こちらはアロマキャンドルです。睡蓮《すいれん》とバラをご用意しております。こちらはバスソルト、緑の香と、海の香、シャボンの香となっております。こちらはバスバブル。バスソルトとの併用も可能になっております」

説明しながら、それぞれを示す。

アロマキャンドルはガラスの器に入った小さいもので、可愛らしいからと女性客はお土産として持ち帰る人が多い。

　バスソルトは色違いのビニールパック。バスバブルはプラスチックのボトルに入ったもの。

　そして真打ちとばかりに、球形の機械を取り出す。

「こちらは貸し出しとなりますが、プラネタリウムライトです」

「プラネタリウムライト？」

「はい。バスルームの明かりを消してこちらのスイッチを入れますと、天井に星空が広がるようになっております」

「試してみたいな。持ってきてくれ」

　彼は立ち上がると、バスルームへ向かった。

　子供のような態度に、つい微笑みが漏れる。

「さあ、早く」

　急《せ》かされ、私は一式が入ったバスケットを持ってバスルームに向かった。

　ガラスで仕切られた浴室には、大理石で作られた、円形の大きな浴槽があり、彼はその縁に腰掛けて私を待っていた。

　もちろん、湯は張っていない。

「機械の後ろには吸盤が付いておりますので、ご使用になる場合は固定を確認してください。また、キャンドルは防火上の問題から、浴室以外でのご使用は控えていただきますように、お願いいたします」

縁の一番幅広になっている部分にプラネタリウムライトを設置する。

「明かりを消そう」

グレイ氏が立ち上がって浴室の明かりを消したので、窓の外の夜景が美しく浮かび上がる。

取り敢えずはライトの説明なので、それもいいだろうと、ブラインドを下ろしてバスルームを更に暗闇《くらやみ》に沈めてからライトのスイッチを入れる。

天井や壁に、本体からまるで宝石を散らしたように照射される小さな明かり。

「いかがですか？」

瞬くように明滅する光の点を、少し誇らしげに示す。

「いいね。ムードたっぷりだ。一人で見るのは惜しいくらいだ」

「そうですね。恋人をお呼びになられてお楽しみになる、というのもよろしいかも」

「恋人も貸し出してくれるんじゃないのか？」

「残念ながら、そこまでは…」

軽いジョークだと思って笑った瞬間、グレイ氏の手が私を捕らえ、引き寄せた。

「…何を？」

彼は、バスルームの縁に腰掛けるという不安定な体勢だった。

だから、手を払いのけることができなかった。もしそうしたら、彼を空っぽのバスタブへ突き落とすことになってしまうから。

「いいムードだと言っただろう？　一緒にそれを味わわないか？」

「悪いご冗談を。そろそろお部屋の方へ戻りましょうか」

手を添えて引き剝《は》がそうとしたが、腕は離れなかった。

むしろ、私の抵抗を受けてしっかりと腕を摑《つか》んでくる。

「グレイ様…？」

「君、そういうサービスをするんだろう？」

耳元に響く声。

暗闇の中、見えない彼の表情を想像するのが怖い。

「そういう…？」

「しらばっくれないでいい。彼からちゃんと聞いてると言ったじゃないか。浮島は岩永にそういうリービスをしてるんだろう？」

そのセリフを聞いた瞬間、身体の中を冷たいものが流れた。

あの人は…、何を言ったんだ？

私がサービスでそういう相手をしている、と？

いや、そんなこと言うはずがない。

もう一度彼の腕を取ると、私は少し強引な彼の手を引き剝がした。

「折角お運びしたコーヒーが冷めてしまいます。お部屋の方へ戻りましょう」

「浮島」

彼を置いて、そのままバスルームを後にする。

リビングの煌々《こうこう》とした明かりの中へ戻ると、幾らか心が落ち着いた。

冗談だ。

冗談に決まっている。

グレイ氏の言葉をまともにとってはいけない。

きっと、岩永がくだらないことを言ったのだ。それをグレイ氏が大袈裟《おおげさ》にからかいのネタとしているだけだろう。

焦れば、却《かえ》って疑われる。

「君はとても魅力的だよ、浮島」

「ありがとうございます」

「岩永も、君にとって魅力的なんだろうな？」

「大変よいお客様でございます」

「お客、ねぇ…」

「もちろん、グレイ様もよいお客様だと思っております。このような質《たち》の悪いジョークを口に出されなければ」

「質の悪いジョークかね？」

背後から近づいて来る気配に、私は彼を振り向いてにっこりと笑った。

「大変質の悪い冗談ですね。当ホテルがお客様のプライベートのお相手を斡旋《あっせん》するなどと。もしそのようなことを本当に岩永様がおっしゃってたと言うのであれば、正式に異議を申し上げなければ」

怒っている、とは見せない。

あくまで冗談に対する注意だ。

岩永も私にとっては客、この態度は崩さない。

「ホテルを侮辱するつもりはないよ。私の言い方が悪かったかな。私はね、君がとても気に入ったと言いたかったんだ」

「それはありがとうございます」

「だから、君が岩永に提供しているサービスを、私にも提供して欲しいだけなんだ」

「お客様は平等です。岩永様だけに特別なことはしておりません」

「本当に？」

どんなにカマをかけてこようと、岩永が自分達の間に行われていることを他人に話すわけがないのだから、引っ掛かってはいけない。

それに、事実私は『客』としての岩永を特別に扱ったことはないのだ。

恋人としてプライベートで私が何をしようと、グレイ氏に関係はない。

「本当です」

「そう。それなら、私と君との話をしよう」

「私とグレイ様の…？」

「ああ。私は君が気に入った。君がどう否定しようと、私は君が同性愛者だと知ってる。岩永の相手をしてることをね。本人から聞いたんだ。まあ、岩永が君に嫌がらせをしようとして私に嘘を吹き込んだという可能性もある」

グレイ氏の確たる言葉に、胸の底が冷える。

本当に、岩永がそのことを彼に伝えてしまったのだと思わせて。

「だとしても、私から見て、浮島は魅力的だ。岩永と特別な関係ではないというなら、私と特別な関係になって欲しいと申し出たい」

「…グレイ様」

「彼と私と大した違いはないだろう？」

この人は…、何を言い出しているのか。

「岩永と私は、よく似てるとも言われるんだ。国籍の違いはあるだろうが、雰囲気は似てるらしい。学生時代にもよくそう言われたよ。金銭的な裕福さにしても、大差ない。彼はファンド系の仕事だが、私はリゾート開発の会社をしていてね、お互い取引もある」

「…だから、何だとおっしゃるんです？」

「君が彼に望む援助は、私にも提供できるという意味だ」

「…援助？」

「浮島くんを指名して、君の仕事のプラスアルファになるようにしてあげられる、ということだよ」

個人指名が付いて、プレジデンシャルスイートをキープしてもらえるのは、嬉しいだろう？」

私は、笑った。

「何をおっしゃるかと思えば」

笑うしかなかった。

「どのようなお宿と勘違いなさっているかはわかりませんが、アステロイドホテルでは、そのようなシステムはございません。個人の指名が付くのは、お客様のお望みに応えるという以外の意味はございません。岩永様も、グレイ様も、私共にとっては大切なお客様。それ以上でもそれ以下でもございませんし、どなたか一人を特別扱いすることもございません。お客様の個人資産に興味が向くこともなければ、その恩恵を受けようなどと考える者もいないでしょう」

悠然と、彼の態度全てがくだらない妄想だと笑い飛ばす。

「お客様の滞在がよりよいものになるように尽力させていただきますが、下世話なサービスをお求めになりたいのでしたら、どうぞ別のホテルへお移りくださいませ」

「客を追い出すのかい？」

「とんでもございません。己の力量をわかっているだけです。そのようなサービスはできない、と」

「岩永のことは別として、私個人の申し込みだとしても？」

「私はホテルバトラーです。その範疇《はんちゅう》のサービスしか提供できません。グレイ様のおっしゃる『申し出』がどのような意味かはわかりかねますが…」

「私と愛人関係を結ぼうと言ってるんだ。私は君を満足させられる。身体も、金銭的にも」

「グレイ様の品格のためにも、今の言葉は聞かなかったことにしておきましょう」

「浮島」

「他に御用がなければ、私はこれにて退室させていただきます」

「私は五体満足だ」

「その一言も、聞かなかったことにいたしましょう。あなたが岩永様のご友人だとおっしゃるなら客だから、睨《にら》みつけることはしなかった。

そうでなければ、怒りを表に出して彼を睨んでいただろう。

「では、また何かバトラーとしてお応えできるご要望がございましたら、お呼びください」

「浮島」

深く頭を下げ、私は微笑んだ。

これが私の『仕事』だからだ。

私が、自分の欲望にも、恋情にも逆らって続けようと努力している仕事だから。岩永自身にならまだしも、この男ごときに踏みにじられることなど許せない誇りだからだ。

「明日の朝食は、また札の方でお出しいただければ結構です。コーヒーはお済みになりましたら電話でお呼びください。片付けに参ります。ご面倒《めんどう》なようでしたら、廊下に出していただくだけでも結構です。それでは、お休みなさいませ」

「今逃げても、また後で呼び出すこともできるんだよ？」

「逃げ出す？　とんでもございません。御用がおありでしたら、このまま残っても構いませんよ。ですが、今、グレイ様はバトラーを必要とはなさっておられないご様子ですから」

「ふむ…。確かに、バトラーは必要ないな」

「では、また。バトラーが必要な時には、いつでもお呼びください」

敢えてゆっくりとした動きで、もう一度彼に礼を取ると、私は退室した。

扉の閉まるその瞬間まで、礼儀正しいバトラーとして。

だが、扉が閉まり、『客』が私の目の前から姿を消すと、怒りを消し切れぬ足音を立て、仮眠用の控室へまっしぐらだ。

サービス？

私と岩永の関係が？

私が岩永に援助をさせているって？

誰が、どの口が、そんなことを言ったのか。

個室に入ると、小さなベッドに腰を下ろして、私は自分の携帯電話を取り出した。

岩永に文句を言ってやらなくては。

誰に何を喋《しゃべ》ったのか。どうしてグレイ氏があんな誤解を口にしたのか。それとも、岩永は私のことをそんなふうに見ていたのか？

このホテルにいる時だけの相手だったと？　ホテルのサービスの一環として私を求めたと？

それとも、子供みたいに手に入れた相手を自慢して回ったのか？　高級ホテルで、自分の言いなりになる人間を見つけた、と。

そんなこと、考えたくなかった。あるわけがないと思いたかった。

だが、それを問いただすべき相手には、何度電話をかけても繋《つな》がらなかった。

いつもなら、コール二回で出るはずなのに。

長く呼び出す電話は、全て、留守番伝言サービスに繋がるだけで、岩永本人は出てくれなかった。

「…どうして」

電話を握り締め、思わず呟《つぶや》いてしまう。

仕事だから？

岩永はここを去る時、これから仕事だと言ってはいた。けれど、それは電話にも出られないほどのことなのか？

それとも…。

全てわかっていて出るつもりがないのか？

グレイ氏が私にあんな話を持ちかけ、私が怒って彼に連絡を取るとわかっていて、私からの電話を拒否しているのか？

「まさか」

自分で考えておきながら、ありえないと首を振る。

つい先日まで、彼からのアプローチは煩わしいと思うほどだったではないか。

仕事を無視して、愛を囁《ささや》くのには困ったものだとさえ思っていた。もう少しプライベートと仕事を区別してくれと頼んだほどだ。

だから、あり得ない。

なのに…。

ふいに、大きな不安が私を包む。

その『あり得ない』想像が胸に広がる。

もしかして、岩永が自分と別れたがっている、だなんて。

そのためにグレイ氏を送ってきただなんて。

「あり得ない」

口に出してもう一度否定し、電話を持ち直した。

絶対に会えない状況ではない。この現代、連絡が取れなくなるわけではない。きっと彼は仕事が忙しくて電話が取れないだけだ。

だから、彼にメールを送った。

『あなたのご友人であるポール・グレイ氏に困らされています。一度ご連絡ください』

消し切れない不安のせいで強く出られない一文を。

岩永がそれに対してリアクションを返してくれることを信じて。


長い夜を過ごした翌日。

朝食を届けに行くと、グレイ氏の態度は前日までと変わっていた。

昨日まで、彼は一般的な宿泊客として、どちらかと言えば慣れた様子の扱い易いお客様として接客できる相手だった。

けれど、まるで昨夜の告白でタガが外れたかのように、グレイ氏は変わった。

まるで、岩永に似せようとしているかのように、アプローチを仕掛けてきた。

「岩永のことが好きで相手をしてるんじゃないんだろう？　彼の与えてくれるものが欲しかったんじゃないのか？　彼で満足できないこともあるだろう？」

とても、友人とは思えない言葉を並べ、私に手を伸ばす。

「彼の身体に起こった不幸には、私も同情はする。けれど、同情と愛情は違う。浮島はまだ若く、いくらでも相手を選べる容姿もある。君が彼を捨てても、悪く言う者はいないさ。誰も君達の関係を知ってるわけじゃないのだし」

朝食をサーブしていればその手に、洗面台を片付けていれば背後から、クローゼットに入っていればその扉を閉ざして、私に手を伸ばしてくる。

「私なら、君を大切に扱ってあげる。仕事がしたいならすればいい。私は君の完全な客になろう。それ以外のプライベートな時間を、私に使ってくれればいい」

何て模範的なセリフ。

それを言ってくれたのが岩永だったら、きっと手放しで喜んだだろう。だがどんな理想的な言葉も、望んでいない人間から言われたのでは意味がない。

「お言葉はありがたいですが、望んでいないことをいくら言われても、興味は持てません」

今日は昼間も外出せず、ルームサービスの軽食をつつきながら私にずっと話しかけてきた。

「望んでいないことはないだろう。私が見た限り、君は仕事をすることが好きだ。そうだろう？」

「それは否定いたしませんね」

食事をセッティングしたら退出すると言うと、彼は仕事を手伝って欲しいと言って引き留めた。

「それを満足させてくれる相手が好きなんじゃないのか？　世話を焼く、という。そのためなら岩永は格好の相手だろう」

仕事、と言っても彼の持ち込んだ写真を整理するだけのことだ。

「そういう目で見たことはございません」

スナップ写真の中から、アピールのあるものをピックアップして欲しいのだそうだが、それが足止めのための作業だというのはすぐにわかった。

写真はどれも素人の手によるもので、仕事の宣材写真に使えそうなものではなかったから。

それでも、客に頼まれれば断るわけにはいかない。

「そうかな。でなければ、彼と私を比べて、私が劣るところはないと思うんだが」

「ずいぶんなご自信ですね」

取り敢えず、食事をする彼の手の届かない場所で写真を広げ、注意は怠らなかった。

「事実だろう？　人が人を見るものは決まっている。容姿、肩書、財力だ。私のどこが岩永に劣ると思う？」

「お客様を比較することなどいたしません。もちろん、容姿、肩書、財力でお客様を判断することもいたしません」

「正直に言えばいいじゃないか。ここには私と君しかいないんだし」

「隠し立てしていることなどございません」

「綺麗事を言っても仕方がないと言ってるんだ。私は君の全てをフォローしてあげる。心も、身体も、生活も。だから私の手を取ればいい」

「くだらないことを。ジョークでしたら笑ってさしあげますが、これ以上戯言《ざれごと》を続けられるようでしたら、他の者に替わらせていただきますよ」

「何故《なぜ》？」

「あなたが口にしてらっしゃることは、私と、このホテルを愚弄《ぐろう》する言葉だからです。何度も申しましたように、当ホテルでは性的なサービスは行っておりません。私も、自分をお客様に金銭で提供するつもりはありません。それなのに、その様なことばかりおっしゃるのは非礼でしょう」

「金銭で提供しろと言ってるわけじゃない。私の恋人になれと言ってるだけだ」

「ああ、それでしたら話は簡単です」

私は振り向いて、彼ににっこりと微笑んだ。

「お断り致します」

「浮島」

彼は座っていたソファを立って、私のいる小テーブルに近づいてきた。

「恋愛というプライベートな次元でのお話でしたら、好みの問題です。私はグレイ様と恋愛をすることは考えられませんので」

「岩永となら恋愛できる？」

「誰と恋愛するかは個人の問題です」

岩永が何を言っているのかわからないが、ここで『男性を相手にはしていない』と言うのは、もう無意味だろう。だから、そこは否定も肯定もしなかった。

「実は君は流されるタイプ？　だったら、私が押し流してもいいんだよ？」

写真を広げたテーブルの上に、彼は手をついた。

「グレイ様」

彼の手がそのまま伸びて来るので、私はスッと席を立った。

「逃げるなんて酷《ひど》いな」

それを追って、彼が回り込む。

「あなたが危険だからです。変なことをなさらなければ逃げたりもしません」

逃げた身体は自然、追い詰められるように隣の寝室へ向かう。

「私が危険だと思うのは、私を意識してるからじゃないのか？」

「意識はしていますよ。悪戯《いたずら》好きな方だと」

「悪戯ねぇ…。からかっているだけだと思われるのもシャクだな」

グレイ氏は、私をベッドへと追い詰めると、手を広げて私を抱き捕らえようとした。

もちろん、捕まるわけにはいかないと、身体を翻した瞬間、腕は私を捕らえた。

「グレイ様」

強い力で抱かれ、そのままベッドの上へ押し倒される。

「止めてください…！」

「君は客を殴るわけにはいかない。だから受け入れるしかない」

近づく顔。

外国人特有の色の薄い瞳は仮面のようで、真意が読み切れない。

「君は頭がいいそうだから、手加減無しだ」

彼のいう通り、『お客様だから』というためらいが、一瞬抵抗を遅らせた。

そのせいで、彼の唇が私の唇に重なる。

「…ン」

手が、私のスーツの上を滑った。

襟元から内側へ滑り込み、薄いシャツの上から胸を探る。

冗談やからかいでは済まされない。

お客様に暴力を振るうことは許されないが、我慢もできない。このままこの男にいいようにされるなんて。

私に触れていいのは恋人だけ、ただ一人だけだ。

「…ッ！」

咄嗟《とっさ》に、口の中に差し込まれた舌に噛み付き、彼を突き飛ばす。

「…随分なことを」

身体を捻《ひね》って逃れた私を、グレイ氏は口を拭うようにして睨んだ。

だが怯《ひる》む理由は私にはない。

「これは暴力ですよ。ホテルの従業員にも、抵抗する権利ぐらいはあります」

乱された服を整え、こちらからも睨み返す。

「客を攻撃する権利？」

「自分の身を守る権利です。口の中を嚙まれたとおっしゃれば、あなたが私に何をしたのか、知られることになりますよ。それはあなたにとってもよいことではないのでは？」

「知られても構わないと言ったら？」

「出入り禁止となるでしょうね」

「君の方が困るんじゃないのか？」

「何故？　暴力をふるわれただけなのに？」

「君が私を誘惑した、と言うこともできるぞ」

「おっしゃりたいならどうぞ。あなた一人の言葉で立場を揺るがされるような仕事はしていません。何度も言いますが、私はあなたにそういう意味で興味はありません。これ以上不埒《ふらち》な真似をするなら、担当を替わってもらいます。ホテル側にもはっきりとあなたの行為を告げます」

グレイ氏は目を合わせたまま、暫く何も言わなかった。

動きもない。

緊迫した空気が流れ、こちらも身構えたまま、彼の出方を待った。

「…私と寝たら、一千万あげよう」

「くだらない。それが答えなら、私は失礼します」

「待ちたまえ！」

立ち上がった私の手を、彼が摑んだ。

「放してください！」

「これ以上は何もしないから、落ち着きたまえ」

「…では手を放してください」

手がゆっくりと離れ、彼はベッドの上に腰を下ろした。それでもまだ安心はできず、一歩下がって距離を置く。

「ここに出入り禁止にはなりたくない。君のことは本当に興味がある。遊びではなく、ね。だから今回は一旦引き下がろう」

「何度いらっしゃられても、一緒です」

「そう簡単に答えを出さなくてもいいだろう。岩永が…、君を簡単に扱えたように言っていたから、私もそのつもりだったんだ。金を出せば手に入れられるだろうと。私が君にとって『客』であれば、何でもできるんじゃないかと」

落ち着いた様子で語るグレイ氏の言葉に、目眩《めまい》がした。

「岩永が障害者だから、ただ憐《あわ》れんで相手をしているだけなら、彼以上の条件を出してあげれば私にも身を任せてくれるんじゃないかとね。雰囲気で流されるのなら、力で強引に出れば、それでも流されてくれるんじゃないかと」

岩永は、本当に私を『そんなもの』だと彼に語っていたのか。そのものズバリではなかったとしても、彼がそんなふうに受け取れるような言葉を口にしたのか。それは、グレイ氏が私を襲ったという事実よりも大きなショックを与えた。

「だがどうやらそうではないようだ。君は毅然《きぜん》としたホテルマンだった。岩永のことは別として、私自身が浮島を気に入った。だからインターバルを置いて、改めて君を口説きたい」

今更、グレイ氏がどんな真摯《しんし》な態度を見せようと、関係なかった。

「君は無駄だと言うかも知れない。だが、本当にそうだろうか？　私は君を理解し、称賛する。君にとって必要なのは、そういう人間であるべきなんじゃないか？　私なら、君を幸せにできる」

彼が何を言っても、言葉は頭の中を過ぎてゆくだけだ。

目の前にいる者より、心の中にいる者が、自分の全てを占めている。

岩永が、自分をそんなふうに見ていた。事実と確認できなくても、その可能性だけで足元から全てが崩れ去ってゆく。

それでも、動揺は見せられなかった。

「グレイ様が理性を取り戻していただけたようで何よりです。それ以上何も申し上げることはございません」

「今はそれでもいい。私が真剣に君と向き合う気になった、とわかってくれるだけで」

笑え。

どんな時でも。

私はここでは微笑《わら》っているのが仕事なのだ。自分を隠すことが務めなのだ。

今まで何度も、自分に命じてきた言葉だろう。プライドを持つなら、仕事に誇りがあるなら、顔を上げて仮面を付けろ、と。

「本日チェックアウトなさいますか？」

困惑も動揺も隠し、私は彼に向かって微笑んだ。

「いや、明日の朝にしよう。明日の朝まで、『いい客』として滞在するよ。少しでも君の中に残る私の印象を良くするためにもね」

「かしこまりました。それではそのように準備させていただきます」

「別れを惜しんでくれるかい？」

「もちろん。どのお客様も、お名残惜しゅうございます」

「どの客も、か。『あなたと』と言わせたいね」

グレイ氏は、もうベッドから立ち上がろうとはしなかった。これ以上非礼なことをしないというのは本当らしい。

「行っていいよ。写真は自分で片付ける」

「お夕食は？」

「出掛けるからいい。だがバスセットはまた頼もう。いいサービスだった。戻ったらコールしよう」

「では、これにて失礼いたします」

「ああ。また後で」

返事はせず、深く頭を下げてその場を後にする。

背筋を伸ばし、足を速めることもせず、ゆっくりと。

廊下に出ると、人影はなかったが、そのまま控室へ真っすぐに向かった。

崩れるのはまだ、だ。ショックで打ちのめされ、膝をついてしまいたかったが、どこで誰が見ているかもわからない。ここではまだダメだと従業員スペースに身を隠すまで頑張った。

けれど、誰もいない小さな部屋へ入ると、私はそのままベッドへ倒れ臥《ふ》した。

どういうことなのか。

岩永は何を考えているのか。

涙が溢《あふ》れそうになり、それを堪《こら》えると身体が震えた。

恋人だと思っていた。今だってそう思っている。なのに彼はグレイに私を『扱いやすい人間』と言ったのか？

流されて身体を許す人間だと、他の誰にでもそうするような人間だと。

あり得ない、と否定の言葉が虚《むな》しく湧き上がる。

不安に駆られる度、同じ言葉を繰り返した。もう何度も。

けれどここに岩永がいない以上、それを肯定してくれる者はいない。

彼を愛しいと思ってしまった私の負けなのか？　彼が見せていたあの愛情を抑えられないといった姿は、ポーズだったのか？

グレイ氏が最後に見せた態度が紳士的だっただけに、グレイ氏の言葉には嘘がないように思えた。

つまり、彼が岩永の言葉に踊らされていたということが。

けれど、それでは岩永が私を恋人として扱っていなかったということになる。

「どうして…！」

握った拳《こぶし》で、ベッドを殴る。

鈍い音が響くが、痛みは感じなかった。

…全てが、信じられなくなりそうで怖い。

自分の愛する者の心が自分にないのかも知れないと考える事が、怖くて、怖くて、堪《たま》らなかった。

「岩永…」

本当に…。


夜、グレイ氏からのコールが入り、再び部屋を訪れると、彼はわざと私との距離を取り、言葉を交わした。

初めて出会った時のように私を試すようなこともなく、嫌がらせのようなアプローチもなければ、恋愛のアピールもしない。

極めて『普通の』客だった。

バスセットの説明をして、オーダーされたワインを運ぶと、すぐに解放された。

会話の相手をしろとも言われない。荷物を作ってくれとも言われない。触れることも、近づくこともなかった。

夜中に呼び出すことはないと言われたし、実際呼ばれることもなかったが、その夜の眠りは浅かった。

もちろん、グレイ氏のせいではない。

仕事場にありながら、心がただ一点に集中し、その不安で目が冴《さ》えてしまうからだ。

電話はした。

だが繋がることはなかった。

メールも打った。

だが一度も返事はなかった。

想像は、いつも悪い方に容易に傾く。

返事がもらえないという事実が、別れを匂《にお》わせるのだ。

グレイ氏は、私が彼に同情したのではないかと言った。岩永の特殊な状況が、彼にその言葉を言わせたのだろう。

だが私は別の考えを持ってしまった。

ここだから、このホテルの中だから、彼は私を望んだのかも知れない。

一番心弱い時に、たまたま私が側にいたから、手を取っただけなのかも。外に出て、彼のテリトリーへ戻れば、岩永のことを心配し、手を貸してくれる人間など、山のようにいるだろう。

それに気づいて、岩永はいつまでたっても言うことをきかない私に飽き、グレイ氏に下げ渡したのではないか、という考えだ。

岩永がこのホテルに来た時、彼には真摯に尽くす秘書がいた。遊び相手にも事欠いていなかった。

ホテルで会っている時には二人きりだから、彼は私だけを見つめてくれていると思い込んでいたが、一歩外へ出たら私のことなど忘れてしまうのかも。

考えると、不安で胸が押し潰《つぶ》されそうで、何度眠っても、すぐに目を開けてしまった。

翌日の朝、グレイ氏の部屋へ朝食をお届けする時にも、小さく丸まったその不安は心の片隅に残ったままだった。

「次に来る時には、君の心を変えてみせる」

と言われると、『もう岩永とは終わってるんだから、私のことを考えろ』と言われているような気になった。

友人が捨てた相手だから簡単に手に入ると思って、手を出してきたのでは？　とも考えたりした。

最後までその不安をグレイ氏に見せずに済んだのは、彼が整然とした『客』であり続けたからだ。

朝食を終え、チェックアウトをするからと呼ばれた時には、既に身支度も整え、隙《すき》のない紳士ぶりを見せつけた。

恋人の友人ならば醜態を晒すかも知れないが、客前では失態はおかさない。

その強い気持ちだけが、私の顔を上げさせていた。

「お互い、今回の滞在はなかったことにしよう。今回は私の本意ではなかった。覚えているのは、君の仕事ぶりと痛いキスだけで十分だ。だから君も、今回の私のことは忘れてくれ。会わない間に互いの関係性をリセットして、君はもう一度恋人を選ぶ理由について考え直すといい」

最後にそれだけ言って、彼は部屋を出て行った。

彼をチェックアウトカウンターまで送ってから、控室へ戻ると、何も知らない赤木が「いいお客様だったみたいですね」と言った。

「ハンサムで、シュッとしててお金持ちで」

「赤木のいう『いい客』は容姿なのか？」

私はそれに苦笑しかできなかった。

「そうじゃないですけど、デキる男って感じだったじゃないですか」

いい客。

いい客とはどういうものなのか？

適度に私を必要とし、礼儀正しく接してくれる者か？

「暫くは指名が入らないといいな。立て続けで疲れたよ」

正直に言うと、赤木は小さく首を振った。

「それは贅沢《ぜいたく》っていうんですよ。俺なんか、望んでたって指名されないのに」

「赤木、『私』」

注意すると、彼は小さく「あ」と声を上げて言い直した。

「私だって、指名が欲しいです」

「グレイ氏のような？」

「できれば綾部さんみたいな方がいいかな？　老婦人の午後のお茶にお付き合いする、みたいな」

「それで思い出した。綾部さんは？　姿が見えないようだけど」

部屋付きで、この時間なら控室にいると思っていたのに、同僚の姿が見えず、私は辺りを窺《うかが》った。

「綾部さんは今日外出です。お客様の墓参に同行されるということで」

「…ご主人のか」

「さっき普通のスーツに着替えて出て行きましたよ。さすがに墓参りにバトラーの制服は、コスプレみたいだからって」

「…かもな」

ホテルの中では正しい姿が、外では歪んで見える。

この美しい建物の中と外では、違う世界が広がっている。

そう言われた気がして、思わず目を伏せた。

やはり、岩永と私の関係はおかしいのかも…、と。

その時、フロントからの電話が鳴り、赤木がそれを取った。

「はい、バトラールームです」

ぼーっとしていて出遅れたな。

「はい。いらっしゃいます。代わりましょうか？」

会話の後、赤木が受話器を差し出す。

「フロントです。また指名だそうですよ」

少し羨ましげに言われ、思わず私は自分よりも背の高い赤木の頭を撫《な》でてやった。

「代わりました、浮島です」

『本日ご予約が入りました。このまま連続でお願いできますか？』

「はい。結構ですよ。どなたです？」

『岩永様です』

受話器の向こうから響くフロントの女性の声に、軽い目眩を感じる。

「岩永様…、ですか？」

『はい。レイトチェックインということで夕刻に入られます。お身体がご不自由ということで、また介添えをお願いしたいそうです』

もう何度も訪れている常連の客だから、彼が私を望むことに疑問も抱いていないフロントの言葉。

「…わかりました」

『お部屋はいつものところで、ウェルカムドリンクは紅茶をお願いしたいそうです』

「他にご要望があるようでしたら、データを送ってください」

『ではすぐに送ります』

岩永が来る。

私の連絡に返事も寄越《よこ》さなかったのに。

グレイ氏と入れ違いにやってくる。

これは偶然か？　故意か？

「浮島さん？」

赤木に名を呼ばれ、放心していた意識を戻す。

「…ああ、夕方からまた部屋付きになるから、少し休むよ。悪いが、三時に起こしてくれ」

「わかりました。三時丁度で？」

「五分前に」

「はい」

怖い。

彼に今会うのが。

会って、何を言われるのかが。

それを赤木に気取られぬように、私はそのまま奥へ入った。

休むことなどできないとわかっていても、今、他人と共にいることができなかったから。

上手く、仕事の仮面が付けられない自分が情けなかったから……。


岩永が何をしに来るのか、わからなかった。

想像すらできなかった。

仕事だと言って去ってから、何の音沙汰《おとさた》もなかったのに、何故突然来るのか。どうして来るのならメールでもいいから一言言ってくれなかったのか。

前ぶれなくやって来ることなど、今までもあったのに、悪い想像が止まらない。

仮眠室で身体を横たえても、やはり眠ることなどできず、ずっと寝返りばかり打っていた。

彼のことを考えるだけで、心臓が痛むほど胸が苦しくなる。

順調に恋愛をしていると思っていた時には、何でもなかったことが、一つの不安で全て変わってしまう。

人とは、何と不安定な生き物なのか。

三時まで、仮眠を取るつもりだったのだが、やはり眠ることはできなかった。

寝不足の顔で人前に出ることなど許されないと、頭から布団を被《かぶ》って寝ようとしたのだが、得られたのは浅い眠りだけだった。

目を閉じて、闇に落ちると、岩永の背中ばかりが浮かんで目を開けてしまうからだ。

別れを切り出されてるわけじゃないと思っても、それを予感させるような夢を見ることが怖い。

結局、赤木が呼びに来る前に私はベッドから抜け出し、風呂《ふろ》を使った。

自分の中の嫌なものを洗い出すかのように、念入りに身体を洗い、新しいシャツに着替えて部屋を出る。

まだ岩永の訪れていない部屋で、彼を迎える準備をするためだ。

彼がここを去ってから、まだ一週間も過ぎていないのに、彼に触れられたのはもう遠い昔のような気がする。

あの時には、彼に求められ、膝を折ってしまいそうだった。

求められることが嬉しく、それでも自分の仕事場で言いなりになることが許せず、肩肘を張っていた。

今回はどうだろう？

こんな気持ちのまま彼の前に立って、自分は毅然としていられるだろうか？

広い部屋に一人で立っていると、彼の気配を感じるほど、彼に捕らわれている自分が…。

不安を拭い去れないまま時間が過ぎ、ポケットに入れていた携帯にフロントからメールが入る。

エグゼクティヴラウンジのチェックカウンターに岩永が来訪したという知らせだ。

通常ならば迎えに出ないのだが、岩永の身体を考えて、迎えに来るようにとのことだった。

それは、フロントが気を回しているのか？　それとも彼が望んでいるのか？

わからないまま、チェックカウンターへ向かう。

カウンターでのチェックは終わっていたのか、岩永は同じスペースのクラブラウンジの窓際の席に座っていた。

いつものようにスーツに身を包み、ゆったりと椅子に腰を下ろし、傍らに立つクラブラウンジの女性従業員と言葉を交わしている。

「お待たせいたしました、岩永様」

声をかけると、彼はゆっくりと振り向いた。

「やあ、浮島」

向けられる笑顔に少しほっとした。が、同時にムッともしてしまった。

私をこんな気持ちにさせておきながら、いい気なものだ、と。

グレイ氏に言った言葉を、私が知らないと思っているのだろうか？　それとも、身に覚えがないとでもいうつもりか。

「お部屋へご案内させていただきます」

だが、ここでその真偽を確かめることはできない。

「すまないな、鞄《かばん》を頼むよ」

「お持ちいたします」

彼の足元に置かれていたボストンバッグを手に、仕事モードの表情のまま先導して歩き出す。

廊下で二人きりになっても、彼は何も言わなかった。ホテル内でプライベートなことを言わないで欲しいという私の希望を聞き入れてくれているのかも知れないが、彼が平静であればあるだけ、苛立《いらだ》ちが募る。

いつもは、二人きりになるとすぐに人をからかい出すくせに、今回に限って何故それほどまでに冷静な態度でいるのか。これはワザとなのか、と。

何も言われないことを安堵すればいいのか怒ればいいのか、複雑な気持ちのままエレベーターで上へあがり、カードキーを使って扉を開ける。

「紅茶をお望みでしたので、そちらをご用意させていただいております。すぐにお飲みになられますか？」

「いや、いい」

部屋に入ると、彼は私を追い越して奥のベッドルームへ向かった。

「お疲れでいらっしゃるのでしたら、すぐにベッドの用意をいたしますが？」

「ベッドの用意か…。それより、上着を脱ぐのを手伝ってくれ」

「かしこまりました」

背を向けてベッドサイドに立つ彼の背後から、スーツの上着を脱がせる。

「掛けてきてくれ」

と命じられ、上着を持ってクローゼットへ。

ついでにバッグも持ってくればよかったと思いながら、上着を掛ける。

岩永の態度に大きく変わったところはない。一人で、断片的な情報を与えられていたから悪い考えに捕らわれていただけではないだろうか。

自分が悩んでいる情報の全ては、グレイ氏からの言葉だった。

岩永が直接何かを言ったわけではない。

泣くほど悔しくて、眠れないほど不安だったけれど、岩永の顔を見ただけでその全てを消し去ることができた。

『どうして』と疑問だったことも、本人がそこにいるのなら、直接訊けばいいだけのことだ。

プライベートを持ち込むなと、何度も彼を突っぱねたこの場所で、極めて私的な話題を持ち出すのは、身勝手かもしれないが、プライベートタイムに連絡を取ろうとしても取れなかったのは彼の責任だ。グレイ氏に何を言ったのか確かめるぐらいならば…。

ベッドルームへ戻ると、岩永はワイシャツ姿でベッドの上に腰を下ろし、バッグを開け、覗き込んでいた。

「他に何か御用は？」

「お茶を一緒に飲むか？」

「同席はできませんが、すぐにお淹れしましょう」

「同席はしない、か…」

残念そうに言われても、この返事は変えられない。

「私はホテルマンですので」

「ではお茶が入ったら呼んでくれ。それまで寝室には入って来ないように」

「かしこまりました」

彼は私をリビングへ追い立てると、ベッドルームに続く扉を閉めてしまった。

説明も何もなし、か。

言うべきことがないと思っているのか、どうか、それだけでも確かめたい。

…いっそ、特別に彼と同じテーブルについてみようか？　そうしたら、自分もプライベートの質問を口に出しやすい。

けれど、そうすれば私は彼に負けてしまう。

誰も見ていないのだから、誰も知らないのだから、ここで彼の恋人になることの何が悪いのかと思うようになってしまうだろう。

頑《かたく》なだ、と自分でも思う。

けれどそこまで強く自分を律しないと、簡単に彼に溺れるだろうという自覚があった。

扉一枚隔てても、ここに岩永がいると思うだけで喜んでいる。あんなにも不安を感じさせたことも、自分に連絡をくれないと怒ったことも、どうでもいい。

今は、どうして今回に限り私を抱き寄せないのか、キスしないのかと不満に思う気持ちの方が大きくなっている。

岩永の前でだけ、自分はコントロールを失ってしまう、自分が何を望むか、何をしなければならないのか、その判断も忘れて、彼に支配されたがってしまう。

だから、最後の一線として自分は『仕事』に頼らなければならないのだ。

もし連絡を取らなかったのが、彼の駆け引きだったら、それは上手くいったと認めざるを得ないだろう。

用意していたティーセットで紅茶を淹れると、私はベッドルームの扉をノックした。

「岩永様、お茶が入りました」

返事には一瞬の間があった。

「浮島、ちょっと来てくれ」

「はい？」

呼ばれてこちらから扉を開ける。

岩永は、まだベッドに座っていた。

「お茶はこちらへ運びますか？」

「いや、いい。こっちへ来い」

「何でしょう？」

手招きされ、更に近づく。

「私に、何か言いたいことがあるんだろう？　そういう顔をしてる」

「言いたいことって…。それはあなたではないのですか？」

「今は特にない」

「何も？」

「お前が話をすれば、何か考えつくかもしれないがな」

つまり、口火は私に切れということか。

「…今朝まで、グレイ様がいらしてましたよ」

まずはバトラーとして、ホテルマンとして、許される範囲の会話を投げかける。

「知っている」

「お友達だそうですね？」

「ああ」

「…私のことを、色々と話されてたようですが」

「話した」

冷たい態度に、心の平穏が乱れる。

「それでも、私に言うことはないのですか？」

何を考えているのか、伝えたいと思わないのか。あの男がどんな誤解をしていたか、知らないわけでもないだろうに。

「言うこと？」

彼はふっと唇を歪めて笑った。

その笑みに、カッとなる。

「あなたが彼に言った言葉を、覚えてるのでしょう？　覚えていないのなら、私があの男にどう言われたかお教えしましょうか？」

「私があの男に何を言ったと？」

落ち着いた返しに、怒りが鈍る。

「…私が、誰でも相手にするようなことを言ったんじゃないんですか？　私があなたを相手にするのはホテルのサービスででもあるかのようにおっしゃったんじゃないんですか？」

あれはグレイ氏の捏造《ねつぞう》だったのか？

「どうだったかな」

「どうだったかじゃないでしょう。そのせいでグレイ氏の滞在中私が彼に何を言われたか。あなたは私をそういう目で見ていたんですか？　私の仕事を認め、私のプライドを理解してくれていると思っていたのに。彼の言葉を信じさせたくないのなら、はっきりと答えてください」

語気を荒くする私を前に、彼は飽くまで冷静だった。

「話す前に、浮島、悪いが少し手を貸してくれるか？」

「…手を？」

「ああ。その手をこっちに出してくれ」

「…何でしょう」

言われるまま、手を差し出すと、彼は私の手を握った。

「後ろを向いて」

「何をなさるんです？」

「お前が話したいことを話そうというだけだ」

「…これでいいですか？」

彼に話す気があるというのなら、と無防備に背を向ける。

彼が、自分に何かするなんて考えていなかった。

話をすると言ってくれたし、私が彼に思うところはあっても、彼が私に何か考えているとは思えなかったから。

「岩永さん…？」

けれど、握っていたままの手を軽く引き、背後から抱き寄せてくれたと思った彼の手は、突然私の手首に何かを巻き付けた。

驚く間もなく、巻き付けられたものがもう一方の手首にも回される。

それが一本の紐だと気づいた時には、私の自由は奪われていた。

「何をなさるんです！」

「さあ？　何をすればいいのか」

背中を押され、ベッドに顔から倒れ込む。

柔らかなベッドは痛みを与えることはなかったが、鼻と口を覆われ、一瞬息が詰まった。

慌てて顔を背け、呼吸を確保しながら彼を振り向くと、岩永は冷めた目で私を見下ろしていた。

「ポールとは昨夜話したよ」

「この紐《ひも》を解いてください。こんなことをしなくても話はできるでしょう」

「手が不自由なので、お前が逃げ出しても引き留めることができない。だからさ」

「逃げ出したりしません」

「どうかな」

言ってる間に、彼は手の紐をベッドヘッドの端にくくり付けた。

「おとなしくすると、約束するか？」

「しますよ。だからこの紐を解いてください」

岩永の手が、私の足を捕らえ、履いていた革靴を脱がせた。

ぽとりと靴が床へ落ちる。

「岩永さん」

「靴一つ脱がすのも、簡単にはできないもんだ」

「靴を脱いで欲しいのなら、そう言えばいいだけじゃありませんか」

「私が脱がせたいんだ」

彼は強い声で言った。

表情は変わらぬ平静を保っているが、その声の様子から、初めて彼の様子がおかしいと感じる。

「ベッドへ上がれ。おとなしくするんだろう？」

彼の言うことをきくのは嫌だった。彼の命令に従うと、彼に屈したことになるので。けれど今は、逆らわない方がいい気がした。

気のせいかも知れないが、岩永が酷く怒っているように思えたので。

後ろ手に縛られたまま、靴を脱がされた足をベッドの上に載せ、仰向けに座り直す。

岩永は私の傍らに腰を下ろし、ネクタイに手を伸ばしてきた。

「変なプレイはしないでくださいよ。私はあなたと話がしたいだけなんですから」

けれど私の言葉など全く耳に入っていないかのように、手は動きを止めず、ネクタイを外してしまった。次にはスーツのボタンを外す。

「岩永さん！」

そしてズボンの前に触れた。

「お前は…、私の何なのだろう？」

「何言ってるんです」

「ポールはハンサムだったろう？　金もあるし、地位もある」

「…同じことを彼にも言われましたよ。でもそれが何だって言うんです？」

ファスナーが下ろされ、彼の手が中に差し込まれる。

「…う」

慣れた手つきに辱められ、反応してしまう。

仕方がない、触れられる場所が場所だし、何よりそれが彼の手なのだから。

「昨夜、あいつから言われた。浮島を譲って欲しいとね」

しかも彼の指の動きは容赦がなく、下着の中にまで入り込み、直《じか》にソコを握った。

「…手を止めてください」

手から逃れようと身体を捩《よじ》る。

「あ」

腰を捻ったおかげで手は外れたが、彼はその背中を押した。そのせいで、また私は顔からベッドに俯《うつぶ》せになってしまった。

彼がズボンに手をかけても、それを引きずり下ろしても、手が縛られたままでは抵抗ができない。

「岩永さん」

名前を呼んで異議を唱えても、やはり彼は聞いてくれなかった。

ベッドの上、下半身を剝《む》き出しにされたまま転がる私に、再び手が伸びてくる。

覆い被さるのではなく、隣に座ったまま、手だけを私の股間《こかん》に置き、愛撫を始める。

それだけでも、屈辱的な姿だった。

求められてるというより、片手間に遊ばれているようで。

「う…」

だが、それ以上に屈辱的だったのは、彼が取り出したハンカチを私の口の中へ押し込み、彼のネクタイで猿轡《さるぐつわ》を嚙ませたことだった。

「ンン…ッ！」

左手一本で結ばれたネクタイはきついものではなかった。手が自由ならば引っ張ってはずれる程度のものだっただろう。

だがその手が、自由にならないから、言葉が奪われる。

「お前は変わった」

彼は俯せた私の脚を開かせ、その間に座った。

「初めて会った時には、全てを拒む人間だったのに、最近は優しくなった」

手のひらが尻《しり》を撫でる。

「それはどうしてなんだろうな？」

双丘の割れ目に沿って下におり、また私を握る。

「ん…」

ここで、こんなことをしないでくれと何度も頼んだのに。どうして彼は聞き入れてくれないのか。

しかも今回は一方的過ぎる。これでは強姦《ごうかん》だ。

「ホテルは聖域だと、自分の仕事場だと言い切っていたのに、こうして簡単に組み敷かれる」

なのに、指が動く度、快感が生まれるのが止められない。

一度は捨てられるのかもと疑っていたせいか、どんな形でも彼が触れてくれることを嫌だとは思えないのだ。

晒された下半身が、その指を悦んでいることを伝えてしまう。

彼の手の中で、自分が硬くなってゆくのがわかる。

「もう反応してるんだろう？　淫《みだ》らな身体になったものだ」

意地の悪い言葉。

彼の心がわからない。

一体何故、突然こんなことをするのか…。

「私はお前の仕事に対するプライドを理解してる。浮島は『客』を大切にする人間だとな。ここがお前にとって大切な仕事場だということもわかっている。だからこそ、お前が私のワガママに応える理由がわからない」

そんなこと、相手があなただからに決まっているではないですか。そう言いたいのに声は口の中に詰め込まれたハンカチで消されてしまう。

「ポールに何を言ったか、忘れた。だが、お前はバトラーとして優秀だとは言ったな。そして私にとても優しいとも」

指が、一旦離れ、彼がごそごそと動く音がする。

次の瞬間、下半身に冷たい液体が零される。

「ン…ッ！」

液体は、私の下半身を濡らし、彼の手がそれを塗り広げる。

「バトラーとして、私に応えてくれているのかも、とも言ったかもしれない」

液体が何であるかはわからなかった。

けれどそれが彼の指を濡らし、私の入口に指を咥えやすくするためのものであることは、疑う余地もなかった。

襞を広げ、指が中に差し込まれる。

入口は硬く、指を拒んだが、彼は何度も何度もそこを弄《いじ》り、指先を沈めた。

「浮島がどこまで私の願いを叶えてくれるか、試してみたかった。自分がどこまで、お前の特別になれるのか。だが…、お前はいつも最後に同じ言葉で私から離れてゆく。『ここではお客様とホテルマンの関係だから』と」

指先が動く。

肉を、掘り下げるように中へ。

「ン…、ン…」

拒むつもりが、肉は彼を捉《とら》える。

先に前を弄られていて、身体は彼を求めていたから。

こんなふうに、動きを封じられたまま指だけでいたぶられ続けていると、頭がおかしくなってしまいそうだ。

「お前が中途半端に応えるのは、私を愛しているからか？　それとも私が上客だからか？　こうして愛撫に身悶《みもだ》えるのは、ただ快感に溺れているだけなのか？　簡単に身体を許さなくても、一度許してしまえば誰が相手でもこうなるのか？」

向けられる酷い言葉。

そんなことを考えていたなんて…。

愛しているからに決まっている。そんな簡単なことがわからないのか。ずっと、私のことを疑っていたのか。

「自分でもわかってるだろう？　指で弄られてるだけで、前を硬くして、濡らしている」

彼の言う通り、身体はもう官能に陥っていた。

指だけで弄ばれるのではなく、もっとちゃんとして欲しいとも思っている。でもそれは誰でもではない、岩永だからだ。

「お前は誰でもいいんだ」

違う。

「私でなくとも、快感を得られるだろう」

違う。

「ポールはお前のことをとても気に入ったんだそうだ」

指が引き抜かれ、彼の手は私の肩を摑んで仰向《あおむ》けにさせた。

「浮島を譲ってくれと言われたよ。真剣に、お前を愛してしまったそうだ」

冷たい声。

無表情な顔。

長い沈黙。

いっそ、そのことで嫉妬《しっと》してくれているのならと思った時、信じ難い言葉が彼の口から零れた。

「乗り換えたらどうだ？　あいつなら、お前を満足させてくれるだろう」

声が冷たく耳から注がれる。

その一言が、胸を切り裂く。

乗り換える…？

私をあの男に引き渡すというのか？

私が簡単に岩永から離れられると思っているのか？

それならば、何故私を求めた。

恐れていたように、彼にとって私はホテルの中だけでの相手だったのか？

「ン…、う…」

私などいらないと言うのか？

だが…、そうではなかった。

私を見下ろしていた冷たい瞳が揺れる。

硬い表情が、目の前でゆっくりと崩れてゆく。

「ポールなら、きっとお前をしっかりと抱き締めてくれるだろう。お前が去ってゆこうとしても、引き留めることができるだろう。靴だって脱がせられる。紐で縛ることなどしなくとも、お前を自分の手の届く場所に置いてもおける」

悔しそうに、唇を噛み締め、彼はふいっと顔を背けた。

「腕を失ってから、何度も言われた。『可哀想に』と。私は憐れまれるべき人間か？　お前もそう思っているのか？　私の求めに応えてくれるのは、私が『可哀想な客』だからなのか？　…何度も確かめた。お前が、仕事を捨てて私に恋人の顔を見せてくれるのを。だが最後まで、お前はホテルマンのままだった」

背を向けた彼の身体が小さく見える。

「ホテルマンとして仕えるなら、ポールを選べばいい。あの男なら、お前の望むようにするだろう。束縛もせず、お前の仕事を認め、セックスも満足させてくれるさ。私のように、お前を試したりもしないだろう」

私は必死で顔をベッドに擦《こす》り付け、緩い猿轡を外した。

押し込まれていたハンカチを吐き出し、身を捩りながら彼に近づき、ベッドに垂れていた彼の空っぽのワイシャツの袖《そで》に噛み付いて引っ張った。

それでも振り向いてくれないから、その名を呼ぶ。

「…岩永さん！」

ようやく振り向いた彼は、静かな目で私を見た。

諦《あきら》めたような視線。

だが、そんな顔を許せるわけがない。

「私の姿を見てください」

そんなに簡単に諦められたくなどない。

「このみっともない姿を。あなたに触られて、感じて、下半身を晒したままベッドに放置されて、それでもこの先を求めてる身体を」

　彼が何を言いたいのか、察してあげることはできる。けれどそれを黙って『察して』あげることなどしてやらない。

「グレイ氏から告白は受けました。自分とのことを真剣に考えて欲しいとも言われました。でもすぐに断りました」

「キスしたんだろう？」

「した、んじゃなくてされたです。でもそれが何だっていうんです？　生娘じゃあるまいし、キス一つでわめき立てたりしません。心のないキスなんて、犬に舐められたのと一緒です。それに、キスされたことを聞いたなら、私が彼の舌に噛み付いてやったのだって聞いたでしょう」

「…いや、それは聞いていない」

「じゃあ言います。嫌だったから、舌に噛み付いてやりました。私がしたくてしたキスじゃありませんでしたからね。ここで私に触れていいのはあなただけだ。私が淫らですって？　そうでしょうとも、私はあなたに抱かれたい。岩永さんに触れて欲しい。だから触られれば身体が応えるに決まってる」

「浮島」

「何度言っても、私の言葉を聞いてくれない。仕事時間以外なら全てあげる。でも仕事の時間だけは私のプライドを守って欲しい。ただそれだけのことも守ってくれない。連絡が繋がらなくて、どれだけ私が不安だったかもわかってくれない。紐で縛って、弄ぶだけ弄んで、自己完結して私を捨てようとしている。あなたが、こんな酷い男だとは思いませんでした」

身体を起こしたかったが、腕を縛る紐が邪魔でできなかった。

「…それでも、あなたが好きなんです」

だから、何とか顔だけでもと彼を見上げていた。

「ええ、あなたは酷い人です。お客様としては、きっとグレイさんの方がいい客でしょう。でも私が好きになったのは、あなたなんです」

「憐れみではない、と？」

「憐れむ？　あなたの何を？　私にとってあなたは抗《あらが》い難い人です。簡単に呑まれてしまいそうなほど強い人だ。だから必死に抵抗してるんです。でなければ私は何でもあなたの言うことをきいてしまうから」

「浮島…」

「紐を解いてください」

私を見て。

「早く」

あなたも私も、言葉が足りなかった。

自分の考えに捕らわれて、相手を見ていなかった。

それが誤りだったと気づいたなら、やり直せばいい。

「あなたが、好きなんです」

岩永の手が、不器用に紐を解く。

自由になった両腕に血が流れ、微《かす》かな痺《しび》れを生む。

その痺れた腕で、ようやく私は彼を抱き締めた。

温かい身体。

現実の恋人。

岩永の手も私の背中に回ったが、その力はまだ弱かった。

「大したことはないと、自分では思っていた。だが失って初めて、自分にできないことが多いのだと知らされた。…久しぶりにポールと再会した時、彼と自分の違いを思い知った」

「何の違いがあるんです。あなたは何でもできます」

「お前を引き留めることもできない」

「待てと言われれば待ちます」

「言葉では、客の命令を聞いているのか、恋人の願いを叶えているのかがわからない」

「客とキスはしません」

「では今は？」

「こんな格好でお客様にサービスをしろ、と？」

言葉を交わす度、背中に回った彼の手に力がこもる。

「私を愛してるか？」

「もうとっくにそう言いました。ずっと疑われていたのは心外です」

「お前が…、ホテルマンとして完璧《かんぺき》すぎるからだ」

「それは褒め言葉と受け取りましょう。でも…、それも今夜で終わりです」

「終わり？」

「強いあなたも好きですが、一人で悩む愚かで弱いあなたも好きだと思ってしまった。何もかもを許してしまうほどあなたが好きなら…」

自分から、彼の唇に唇を重ねる。

「あなたと二人でいる時だけは、仕事を忘れてあげます」

「浮島」

「あなたができないことは、私がしてあげます。恋人として」

自分に自信がなくなったからと言って、私を他人に譲ろうとするなんて、許し難い行為だけれど、それも『私のため』だと思うと可愛らしくさえある。

あなたも、自分と同じように恋に悩んでくれたのだと思うと、嬉しい。

だから、私は彼をベッドに押し倒した。

「さあ、あなたの望みを口にしてください」

仰向けになった彼を見下ろし、にっこりと微笑んだ。

「私があなたのご要望を叶えてさしあげます」

「…お前が抱きたい。今すぐに」

「ではおとなしくしてらっしゃい」

他人に幸福を与えるのは、望むところ。

それが恋人ならば尚《なお》のことだと、今度こそちゃんと伝わるように。


私が岩永を好きになったのは、彼の弱さを知ったからだ。

弱さの向こうにある強さに惹かれたと言った方がいいかもしれない。

精力的で、強引で、傲慢な岩永に男としてのセックスアピールを感じたことは否定しないが、それは愛ではなかった。

彼に自分を捧げたいと思ったのは、彼が弱い人間だと知った時だ。

それは憐れみなどでは決してない。

病で腕を失うことに怯《おび》え、自暴自棄になって、それでも再び笑って私の前に立った時、この人の側にいたいと思った。

苦しみを苦しみとして、恐怖を恐怖として受け止めたその心の強さに惹かれたのだ。

だから、彼が今またここで、自信を失い、悩んだ姿をみっともないなどと思わなかった。それほどまで私の心を欲してくれた証《あか》しだとしか思えなかった。

「あなたは何もしなくていいです。私がしたいからするのだとわかってもらえるように」

彼をベッドに横たわらせると、私はズボンのファスナーを下ろして彼のモノを咥えた。

自分のモノよりも大きく立派な肉塊は、まだ力なく形を保っていなかったが、口に含むとすぐに芯を持った。

舌で輪郭を辿《たど》り、先を濡らし、全てを含む。

そしてまた舌を使う。

さっき指を入れられた場所に感覚が残り、もう一度同じものをと望んでいたが、今はまだ我慢しなくてはならない。

「私を、情けない男だと思わないのか？」

「思って欲しいなら思いますよ」

「…思って欲しくはないが、事実だろう」

「恋に悩む姿を情けないというなら、私もです。あなたが連絡をくれない間、ずっと捨てられるんじゃないかと不安でした。泣いてしまうほど」

「泣く？　浮島が？」

「泣きますよ。あなたを失いたくないですから」

「…夢のようなセリフだな」

「グレイ氏に乗り換えろと言われた時は、私も夢のようなセリフだと思いました。悪夢だと」

「あいつには…、浮島が完璧なホテルマンだから、仕事として私の相手をしているのかもしれないと相談した。腕のことで、憐れまれて相手にしているのかも、と。そうしたら、自分が確かめてやろうと言われたんだ」

「確かめる？」

「浮島にモーションをかけて、乗ってきたら私の思う通りだし、断ったら信じてやれと」

とてもそういう態度には見えなかったが…。

「だが浮島は魅力的過ぎたようだ。昨夜、本気でお前を口説きたいから、自信がないなら別れて欲しいと言われた」

「それで？　あなたは何と答えたんです？」

彼が十分な硬さを持ったので、口を離して身体を起こす。

「浮島が別れると言わない限りは断ると。それで…、確かめにきた。お前がポールに気があるかどうかを」

彼の上に跨《また》がり、正面からその顔を見つめる。

岩永は困ったように笑って私の視線に応えた。

「だが、お前のためには、私よりポールの方がいいんじゃないかと思った。だから最後に、お前を抱こうと思った」

「紐で拘束して？」

「逃げられると思ったからな」

「逃げたりしません」

「ここはお前の仕事場だろう？　セックスは持ち込むなと断られると思った」

「少しは私の言葉を覚えていたんですね」

「覚えてるさ。どんな言葉も。お前は私がキスしたら、誰とでもすることだと言ったんだぞ」

「そんなことは言いません」

「言ったさ。この間来た時に」

思い出して、私は首を振った。

「『誰とでもする』じゃありません。『誰でもする』です。恋人同士なら、誰だってキスぐらいはするでしょうという意味です」

「私には、キスぐらい誰とでもすると言ったように聞こえた。背を向けて去るお前を引き留めようとしたが、手が届かなかった」

「今は届きますよ」

「そうだな」

彼の手が伸びて、私の胸に触れる。

下は脱がされたままだったが、上はタイを取っただけだったので、自分で上着を脱いで床に落とした。

それから彼が引き寄せるのを待たずに口づけをする。

「キスはします。恋人ですから」

胸に触れた手を取って、自分の股間へ導く。

「指を入れて。解してください。あなたのは大きすぎる」

「いいとも」

長い指がシャツの裾から私の脚に触れ、さらに奥へと進む。

「…う」

濡らされていた場所はすでに乾き、指は簡単には入らなかった。

自分でそこを広げ、指が入りやすいようにしてやると、グッと深く差し込まれる。

「…あ」

自分から招いたとはいえ、侵入は衝撃的で、身体が前に倒れ込む。

指はゆっくりと中で動き、消えかけていた身体の中の炎を煽《あお》った。

「誰が…、何を言っても…、これからは耳を傾けないように」

「浮島?」

「私のことは私に訊いてください。…他人の言葉で私を推測しないで」

指の動きに合わせ、入口が収斂《しゅうれん》する。

萎《な》えかけていた私のモノも頭をもたげてくる。

指は中を掻《か》き、引き抜かれまた中へ。

抜かれると、力が抜け、差し込まれると力が入る。

「…あ…、もう…」

中腰で身体を浮かせているのが限界になり、手を前につく。

体勢を変えたことで指はするりと抜け、再び中へ戻ってくることはなかった。

「そのまま、じっとしていてください」

「自分で咥えるのか？」

「私が欲しいから自分でします」

身体を起こして、彼の屹立したモノを確かめる。

触れると、ソコは硬く張っていた。

それを摑み、自分の入口にあてがう。

場所を合わせ、ゆっくりと腰を落としこむ。

「う…」

指で慣らしてもらっていても、それは大きくて、簡単には入らなかった。

岩永が手を伸ばし、身体を支えてくれようとしたがそれよりも先に身体を落とす。

「ん…っ」

内側に入り込む熱。

「あ…」

痛みと快感で、踊るように身体がくねる。

「浮島」

岩永が私を抱くために身体を起こすから、呑み込んだモノが中で位置を変え、声を上げさせる。

「や…、動かないで…」

「無理だ」

「だめです…」

「もういい」

「ちゃんと最後まで…」

「最後まで入れる。だが一人でする必要はない」

「岩永さ…」

彼が膝を立て、私の身体が寄りかかれるようにしてくれた。それに甘えて身体を少しのけ反らせたが、じっとはしていられなかった。

脈動が伝わる場所が、ヒクついて彼を締める。

味わうように、筋肉が痙攣《けいれん》する。

「ん…」

手が、私のシャツのボタンを外した。

前を開けられ、胸に触れられる。

「私が我慢できない。目の前でそんなに色気を振り撒《ま》かれては、な」

キスして。

舌を絡ませ、求め合い、その唇が首筋から胸に下りる。

「あ…」

唇は胸の突起で止まり、そこを捉え、舌で濡らす。

軽く歯を当てられ、吸い付かれ、舐める音がする。

内側を貫かれたまま受ける愛撫は苦しくて、切なくて、目眩がした。

「あなたが…、私を抱く腕が足りないというなら、私があなたを抱いてあげます」

胸に顔を埋《うず》めている岩永の身体を、抱き締める。

「こうすればいくらだって抱き合える」

彼に抱かれながら、彼を抱く。

どちらか一方である必要はない。

あなたから受け取るものもあり、私が与えるものもある。

不安も、悦びも、決して一人だけのものではないのだから。

「お前は強いな…。いつも」

「いいえ、私も弱いです。捨てられることが怖かった」

「捨てるものか。お前のためを思って手を離すことは考えたが、戻ってきたお前が悪い。もう…、たとえお前が逃げたいと言っても、今度は逃がさない。手が届かなければ追ってゆく。捕らえ切れなければ、この喉元に噛み付いてでも引き留めてやる」

「嬉しい…」

求めて。

もっと求めて欲しい。

今まで『絶対』と思っていた線引きなど、なんてくだらないものだったのだろう。

思っていた通り、一線を越えてしまった自分は、もう彼を拒むことはできないだろう。次も求められれば、きっと応えてしまう。

でもそれは私を崩すものではないのだ。

この密室で、二人の時間を作ることは、私に何かを捨てさせるものではない。むしろ、彼が消えてしまうことの方が、私という人間を崩し、壊してしまうだろう。

仕事も手につかないほど、彼のことばかりを思ってしまうだろう。

それならば、こうして繋がっていることを選ぶべきだ。

「首に、手を回してくれ」

望まれたことに応える。

「しっかりと、離すなよ」

この幸福。

「…あ、や…っ！」

「…ひっ…ぁ…」

岩永は、私の身体を支えていた脚を開き、繋がったまま私を押し倒した。

左手で身体を支えたまま、仰向けになった私を更に深く貫く。

「だめ…、激しすぎ…。あ…」

何が、私を満足させられないだ。何が、自分にはできないことが多いだ。

こんなにも激しく私を求め、熱くさせる男など、他にはいない。

「岩な…」

溺れてゆく快感。

自分の全てが、彼のためにあるという満足感。

目の前にある岩永の目が映すのは自分だけ。

プライドなんて、何て邪魔なものだったのかと思い知る。

「もっと…。もっと…強く…」

あなたも、私も、くだらないプライドで目を曇らせていた。

「壊すぞ」

仕事をきっちりとしなければいけないとか、他の人より劣りたくないとか。でもそんなことより、こうして一つの熱を、快感を求め合って繫がっていれば、答えなど簡単だったのに。

「それほどやわじゃ…、あ…！」

好き。

だから自分の側にいて。

「浮島…」

ただそれだけなのだと…。


ことが済んだ後、当然ながら服を着て職務に戻ることなどできなかった。

タガが外れた激しすぎる彼とのセックスで、不本意ながら腰が立たなくなっていたので。

岩永は少し笑って、少し済まなさそうに、私を抱き締めてくれた。この結果の非は、自分にあるというように。

「私の介添えをしていて、転んだということにすればいい。私を支え損ねて一緒に倒れたと」

「言い訳は適当に考えます。それより、風呂を使わせてください」

「一緒に入ってくれるのか？」

「順番にしますか？」

「いや、一緒に」

彼の手を借りて、向かうバスルーム。

ここがプレジデンシャルスイートでよかった。

男二人が一緒に入れるほど、大きな浴槽は、痛む脚を伸ばすことができてありがたかった。

その風呂に浸《つ》かりながら、私達はもう一度話をした。

彼は、彼の抱いていた不安を吐露し、謝罪した。

仕事に没頭する姿を凜々《りり》しく思いながら、それでは自分はお前にとってどの程度の人間なのかと不安だった。

だから、このワガママを聞いてくれるか？　これはどうだ？　と際限なく求めていた。

石橋を叩いて壊すような行為だった。

ホテルマンとして優秀だと認めれば認めるほど、自分に向けられる優しさが、サービスや憐れみではないのかと疑いを抱いてしまったのだと。

だから私も自分の不安を正直に伝えた。

自分は、二人きりのときの岩永しか知らないから、もしかしたら自分以外にも相手をする人間がいるのではないか。自分はホテル内だけの付き合いなのではないかと考えてしまったこと。

仕事という線を引かなければ、求めてくる岩永にどこまでも許してしまうのではないかと思っていたことなどを。

伸ばした手が届かない。

訴えた言葉が届かない。

それでも自分の不安を正直に相手に伝えれば、くだらないことを言うと嫌われるのではないかと考えていた。

強引にすることが怖くて、応えることが怖くて、どこかで距離を作っていた。

かけ違えたボタンのように、ことここに至るまで、そのすれ違いに気づかなかった。

「これからは、少し節度を持つことにする」

「あなたが？　きっと無理でしょう」

彼に身体をもたせかけ、湯の温《ぬく》もりに漂う。

この温かさに、わだかまりも全て溶けてゆく気がした。

「それなら、好きにしていいのか？」

こんな時にも、岩永は私を抱き寄せた手を離さなかった。

「それも困りますね」

私も、その手を握り、放さなかった。

言葉で足りない分を、触れ合いで埋めようとするように。

「じゃあどうしろと言うんだ？」

「どうしましょうか？　考えなければならないことは、多分色々とあるんだと思います。これからのこととか」

「これから？」

「これから、です」

彼の目を見て、私は悪戯っぽく笑った。

「私も覚悟を決めましたから、あなたも格好いいところを見せてくださいね」

望みは口にする。

もうすれ違いなど起こさぬように。

「…怖いな」

そして彼も同じ思いなのか、苦笑しながら頷いた。

「いいだろう。たまには、私がお前の望みを叶えてやろう」

優しく、口づけながら。


控室を出る前に、衣服と髪をチェックする。

腰丈の長い黒の上着に白のワイシャツ、黒のタイと黒のズボン。どれにも皺一つなく、もちろんゴミなど付いているわけもない。

髪は後ろへ軽く撫でつけ、乱れもない。

ルームサービスのワゴンに載せられたのはコーヒーポットとカップが二つ。オーダーはなかったが、サービスとしてティーラウンジのクッキー。

それを押してお客様の部屋へ向かう。

扉の前でチャイムを鳴らす。

通常ならば、部屋の内側からお客様に扉を開けていただくのだが、支配人に話を通し、この部屋だけは特別に扱うことにした。

お客様のご要望もあったし、扉の開閉がお客様のご負担になるだろうということで。

これからは、扉の開閉に負担を感じるお客様に限りご本人様の了解が得られれば、部屋付きのバトラーのみこちらでキーを使用することの許可も考えてみようということになった。

今のところはまだ、特別な待遇ではあるが。

「失礼いたします」

声を掛け、扉を開け、すぐには入らず戸口で「よろしいでしょうか？」と声をかけるのは、既にこのサービスに対する基本のマニュアルに記されたことだ。

「運んでくれ」

許可の言葉を聞いてから、ワゴンを押し、中へ入る。

広いリビングには、岩永が座っていた。その向かい側には彼の客人、グレイ氏が座っている。

グレイ氏は入ってきたのが私だと気づくと、一瞬顔をしかめた。

「失礼いたします」

ともう一度声をかけ、二人の会話には加わらずコーヒーをリーブする。

「彼を交えて話をしようというわけか」

と言ったのはグレイ氏だ。

「いいや。彼はホテルのバトラー。コーヒーを運んできただけの人間だ。これは私とお前の問題で、彼には関係ない」

と答えたのが岩永。

「関係はあるだろう。私は彼を望んでいる。彼に対して迷いがあるなら、私に任せて欲しい。私は真剣なんだ」

「ポールが真剣だということは疑わないことにしよう。お前がそういうことを簡単に口にする人間とは思っていないから。だからこそ、はっきり言おう。私は私の恋人を誰にも譲るつもりはない」

「岩永」

岩永と私との間で、話し合わなければならないたくさんのことの一つに、グレイ氏のことを上げたのは私だ。

グレイ氏が当ホテルの客であり、岩永の親友だというのなら、彼に私のことをどう紹介するか、心を決めて欲しいと頼んだのだ。

何を言ったのかわからないと不安を抱えるのはもう嫌だから、私の目の前であなたの心を打ち明けて欲しい、と。

「お前は私の持っていないものを持っているかもしれない。私には、お前より欠けているものがあるかも知れない。だがそのことで悩むのは止めにしたんだ」

岩永の声は落ち着いていた。

気負うところも、怒りもない。

ソファに深く身を沈め、悠然とした様子で友人を見つめている。

「欠けているものがあったとしても、それを埋めるものがあればいいだけのことだ、とな」

「何で埋めるつもりだ？」

「愛情、かな」

「愛情？」

グレイ氏は顔を歪めた。

「それならば私にもある。君に負けないほど」

「負けないほど？」

「ああ。私は岩永を友人だと思っている。だから、正々堂々と戦いたい。浮島への想《おも》いは真剣なんだ。

彼を君から奪ってみせる」

　グレイ氏はぐっと胸を張った。

　それを受けて、岩永はにやりと笑った。

「私と争うのなら、それもいい。だが私は自分の持てるもの全てを使って、それを阻止しよう。浮島が欲しければ命懸けでくるがいい」

「命懸けとはまた大層な言い方だな」

「冗談とは思うなよ？　お前の会社との取引を中止することもあり得る」

　低い、脅すような声。

「ビジネスとプライベートは別だろう」

　微笑みながら言うセリフには凄《すご》みがある。

「ビジネスとプライベートは別かもしれない。だが私にとって浮島は『全て』だ。全てという意味がわかるか？　ビジネスも、プライベートも、何もかも、人生の全てという意味だ。浮島がどう思うかなど関係ない、私が手放さないと決めた」

「彼の気持ちを無視するというのか？」

「だから言っただろう？　これは私とお前の話し合いだ、と」

　にやにやと笑う岩永から視線を移し、グレイ氏はコーヒーをサーブし終えて二人の邪魔にならぬよう部屋の隅に立っていた私を振り返った。

「君はそれでいいのか？　彼は君の意思を無視すると言ってるんだぞ？」

「私はバトラーですから、お客様の会話には意見することはできません」

「君の問題だろう」

「岩永様は、グレイ様と岩永様の問題だとおっしゃってますが？」

「浮島」

「ポール。彼に意見を求めるな。お前が浮島を口説くのは、お前と浮島の問題。彼を渡す渡さないは私とお前の問題。そして浮島が私を愛しているかどうかは、私と浮島の問題だ。私が宣言しているのは、お前に恋人は渡さないということだけだ」

岩永の言葉を聞きながら、グレイ氏は尚も私を見つめて訊いた。

「…では浮島。私の申し出を受けるつもりは？」

「お客様とプライベートなお付き合いのことに関して申し上げることはございません。ですが、特にとおっしゃるなら一言だけ」

「何だ？」

「お断り致します、と一度お答えいたしました。それが全てです」

グレイ氏は黙ったまま暫く私を見つめ、顔を背けてからほうっと息を吐いた。

「わかったよ。君の気持ちが決まっているというのなら、私の出る幕はなさそうだ。だが、完全に諦めるわけじゃない。岩永が君を手放す時が来たら、一番に私を思い出してくれると約束してくれ」

「そのような時がきましたら」

「これ以上ここにいても仕方がない。私はこれで失礼する」

グレイ氏はテーブルの上のコーヒーに手も付けず、立ち上がった。

「ビジネスとプライベートが別だと言うなら、さっきの脅しはジョークとして聞くことにする。仕事に関しては、また後日連絡しよう」

「歓迎するよ。お前はいい友人だし、優良な取引先だ」

「その言葉を信じよう」

グレイ氏は、基本的には良い人なのだろう。

もしも、という言葉を使ってはいけないが、『もしも』岩永と出会う前に彼に付き合って欲しいと言われたら、その手を取っていたかもしれない。

だが、もう私は決めてしまったのだ。

足早に立ち去るグレイ氏を戸口まで見送り、私は丁寧に頭を下げた。

「またごゆっくりおこしくださいませ」

扉が閉まる前にそう声をかけると、彼は皮肉っぽい笑みを浮かべ、黙ってエレベーターホールへ歩き去った。

扉を閉じ、チェーンをかけてからリビングに戻ると、岩永はタバコを咥えていた。

「コーヒーはお飲みにならないのですか？」

「吸いながら飲むさ。ポールは口を付けなかったようだから、そっちを飲むか？」

「ご冗談を」

笑って受け流し、テーブルの端にあった灰皿を彼の目の前に置いてやる。

「今ので、及第点だったかな？」

「命を懸けろは大仰でしたが、嬉しい言葉でした」

「大仰でも何でもない。私の本音だ。お前を手元に置くためなら、全てを投げ出してやる」

岩永は、タバコを唇に預け、私に手を伸ばした。

「隣へ」

今までなら、お客様の部屋で着座などしなかった。

でも乞われて、私は彼の隣に腰を下ろす。

これもまた、二人で話し合ったことの一つだから。

私は、自分の負けを認めた。認めるしかなかった。

仕事を言い訳にしても、岩永と二人でいる時に彼を『客』として扱うことができないとわかったから。誰もいない二人きりの部屋でなら、彼のプライベートな望みも叶えてあげる、と。

ただし、一人でも部外者がいたら、完全に私は仕事を優先させることを納得させもしたが。

隣に座ると、さっきまでの尊大さはどこかへ消え、彼が甘えるように頭を寄せてくる。

「今回のことでよくわかった。浮島は私を弱くし、強くもするのだと。お前を失うことを考えると、みっともないほどうろたえてしまうが、お前を誰にも渡さないと思えば、どんな勝負にも出られる。

お前のために、強くなれる」

きっと誰にも見せない弱い姿。

それを私だけが知っているという優越感。

「あなたは強い人ですよ」

「お前がそう言うなら、そうなろう」

タバコの匂いのするキスを与えられても、もう拒むことはしない。

二人だけなら、恋人でいい。

「スイートルームか…」

唇を離すと、彼は呟いて微笑った。

「何です？」

「スイートルームの意味を知ってるか？」

「それを私に訊くんですか？　もちろん知ってますよ。寝室と居間が一揃いになった部屋という意味です。『甘い』のスウィートと誤解されるお客様もいらっしゃいますが、こちらは『一組』とか『一揃い』の意味のスイートで、綴《つづ》りも違います」

「そうだ。だから、笑ったんだ。この部屋の『一揃い』には、お前がいてこそだな、と」

「それはバトラーとしてですか？　それとも…」

「『一揃い』のスイートなら、バトラーだな。優秀で、過不足なく魅力的だ。だが『甘い』方なら、恋人としてだ。何だったら、今から『甘い』時間にしてもいいんだが、生憎《あいにく》仕事を持ち込んでるんでな、少し働かないと」

「いいことです。では私も仕事に戻ります」

立ち上がろうとした私の耳元で、彼は囁いた。

「夜には、甘い方を期待する」

勝ち取った恋人の立場を満喫するような笑みを浮かべ、私の耳にキスをして…。

あとがき

皆様初めまして、もしくはお久しぶりでございます。火崎勇《ひざきゆう》です。

この度は『今宵スイートルームで』をお手にとっていただき、ありがとうございます。

イラストの亜樹良《あきら》のりかず様、素敵なイラストありがとうございます。担当のO様、色々とありがとうございました。

前半のお話は、『お客様のご要望』というタイトルで雑誌掲載したものですが、今回まとめるにあたって表題を『今宵スイートルームで』にさせていただきました。どうぞご了承ください。


今回のお話、考えついたのは関西に旅行した時でした。

関西の某ホテルに宿泊した時、バトラーサービスというのに遭遇したのです。

お話と同じように、ルームサービスなど部屋のサービスにかかわる全てのことをバトラーが担当するというものでした。ただ実際は部屋付きというものがあるのかどうかはわかりません。私が受けたサービスは時間制らしく、呼び出す時間で違う人が担当してくれました。中には女性もいらっしゃいました。

滞在中、ちょっと粗相があったのですが、そうすると明らかにワンランク上の方がいらして、お詫びとしてお菓子とお茶のサービス、部屋のランクアップ、ラウンジでの飲食のサービスなど、色々体験させていただきました。

偶然様々なサービスを受けたことが面白いと思い、早速原稿に使用させていただいた次第でございます。

もちろん、『お話』ですから多少の捏造を加え、今回の設定とさせていただきました。


そしてこれからの浮島《うきしま》と岩永《いわなが》についてですが…。

岩永は障害などものともせず、仕事はバリバリです。彼が弱くなるのは浮島に対してだけ。自分が何とかできることは、たとえ身体的にマイナスの部分を持っていても実力で何とかできると信じている男なのです。

けれど浮島の気持ちだけは、最初から自分の自由にならなかった。だから、彼に対しては気弱になってしまうのです。

今となっては、浮島はそれが可愛くて仕方がない。この傍若無人な男が、自分にだけは違うのだと思うと、嬉しくなってしまうのです。

浮島は隠れSなので（笑）。

そして今回おとなしく引き下がったグレイ。彼は本気で浮島が気に入ったので、チャンスがあれば、再びモーションかける気アリアリです。

いい男二人を手玉に取って、実は一番強いのは浮島かも。

ホテルに勤めている限り、次々と新しいお客を相手にするので、そのうちまた浮島を狙う客なんかが現れると、岩永は全力で叩き潰しに行くでしょう。

これは俺のもの。絶対に誰にも渡さない。自分から浮島を奪おうとする者には地獄を見せてやる、という考えなのです。

浮島とすれば、自分が心変わりするわけがないのだから、そこまでしなくてもと思うのですが、心のどこかでやっぱり『嬉しい』と思ってしまうでしょう。

反対に、岩永にお相手が現れたら…。

意外と、冷めた目で見てるかも。何せ、最初の素行がああでしたから。

それに、彼は遊びは遊びと認めるタイプなので。

けれど、ちょっとでも岩永の方が本気っぽい素振りを見せたら…、隠れSが表に出て、すごいことになるかも知れません。

どっちが主導権を持つか、密かにその戦いが続いてゆくのが、彼等の恋愛なのです。

それではそろそろ時間となりました。またの会う日を楽しみに。皆様ごきげんよう。

LYNX ROMANCE

ワンコとはしません!

火崎勇　illust. 角田緑

本体価格 855円+税

子供の頃、隣の家に住んでいたお兄さん・仁司のことが大好きだった花岡望。一緒に愛犬タロの散歩にいったり、本当の兄のように慕っていたが、突然彼の一家が引っ越してしまう。さらに同じ日にタロが事故に遭い、死んでしまった。そして大学生になったある日、望はバイト先のカフェで仁司と再会する。仁司としばらく楽しい時間を過ごしていたが、タロの遺品である首輪を見せた途端、彼は突然望の顔を舐め、「ワン」と鳴き…?

LYNX ROMANCE

罪人《とがびと》たちの恋

火崎勇　illust. こあき

本体価格 855円+税

母子家庭の信田は、事故で突然母を亡くしてしまう。葬儀の場に父の遣いが現れ、信田はヤクザの組長だった父に引き取られることに。ほとんど顔を合わせることのない父の代わりに、波瀬という組の男に面倒を見られる日々を送ることになった信田。共に過ごすうち、次第に惹かれ合うようになる二人。しかし父が何者かに殺害され、信田は波瀬が犯人だと教えられる。そのまま彼は信田の前から消えてしまい…。

LYNX ROMANCE

青《あお》いイルカ

火崎勇　illust. 神成ネオ

本体価格 855円+税

交通事故で足を骨折した会社社長・樹の元にハウスキーパーとしてやってきたのは、波間という若い男だった。最初は仕事が出来るのか訝んでいた樹だったが、その完璧な仕事ぶりから、波間は樹にとって手放せない存在になっていく。波間の細かい気配りや優しさから、波間に惹かれた樹は、彼と恋人の関係に持ち込むことに成功する。そんな中、会社役員の造反から、樹の会社が存続の危機に陥ってしまい…。

LYNX ROMANCE

秘書喫茶《ひしょきっさ》 ービジネスタイムー

火崎勇　illust. いさき李果

本体価格 855円+税

亡くなった父の跡を継ぎ社長となった鮎川は、社内の反対派に無能な秘書を付けられてしまう。秘書の仕事まで自分でこなし頑張っていた鮎川だが、次第に疲れが見え始めていた。そんな時、秘書喫茶を紹介され足を向けた鮎川はそこで大倉というモデルのような人物に出会う。有能すぎる大倉を最初はお試しでプライベート秘書として雇うことにした鮎川。だが、仕事の出来る大倉と毎日過ごすうち、鮎川は彼に惹かれてゆき…。

LYNX ROMANCE

秘書喫茶《ひしょきっさ》 ーレイジータイムー

火崎勇　illust. いさき李果

本体価格 855円＋税

アメリカでミラーという老人の秘書をしていた冬海は、彼の外子である真宮司と恋に落ちた。しかし、ミラーから真宮司が、冬海とミラーのどちらを選ぶかという賭けをさせられ、冬海は負けてしまう。そのことがきっかけで真宮司と別れ、帰国した冬海は、賭けの代償として貰ったお金で、秘書と出会えるカフェー秘書喫茶を開く。店は軌道に乗っていたが、突然真宮司が現れ、秘書を寄越して欲しいと依頼してきて…。

LYNX ROMANCE

カウンターの男《おとこ》

火崎勇　illust. こあき

本体価格 855円＋税

バーテンダーの安積は、自分の店の前で怪我をして倒れていた、ヤクザ風の男をなりゆきで助けてしまう。手当ての後、男は財布だけを残し姿を消した。しばらく後、仕事中に客から言い寄られて困っていた安積の前に、助けた男が姿を現す。困った安積は、蟠蛇と名乗るその男に恋人のフリをして欲しいと頼み、しばらく仮の恋人ということになった。しかし、恋人のふりを続けるうち、安積は蟠蛇に惹かれていき…。

LYNX ROMANCE

優《やさ》しい痛《いた》み 恋《こい》の棘《とげ》

火崎勇　illust. 亜樹良のりかず

本体価格 855円＋税

照明器具デザイナーである蟻田は、仕事相手である斎藤に口説かれ、恋人となった。しかし気が強い性格の蟻田は、素直に斎藤に甘えることが出来ずに悩んでいた。そんなある折、斎藤に誘われ、蟻田はオフィスを移ることにする。日中、斎藤にいつでも会えるようになると喜んでいた蟻田だったが期待は裏切られ、生粋のゲイである斎藤狙いの男たちが、オフィスの中に沢山いて…。

LYNX ROMANCE

ブルーブラッド

火崎勇　illust. 佐々木久美子

本体価格 855円＋税

アラブの小さな国の王子であるイウサールは、子どもの頃出会った八重柏という綺麗な男に恋心を抱き告白した。その返事の「大人になってもまだ好きだと思ったら、自分のところにおいで」という彼の言葉を信じ、イウサールは数年後、日本にいる叔父のマージドを頼って訪日する。変わらず美しかった八重柏に改めて告白し、イウサールは彼を抱こうとしたが、なぜか逆に組み敷かれ、抱かれてしまい…。

LYNX ROMANCE

ブルーデザート

火崎勇　illust. 佐々木久美子

898円
(本体価格855円)

スポーツインストラクターで、精悍な面立ちの白鳥卓也。従兄弟の唯南に頼まれ彼の仕事に同行した卓也は、アラブの白い民族衣装に身を包み、鷹のような黒い瞳を持つ、マージドと出逢う。仕事の依頼主で王族の一員だというマージドの話し相手を務めることになった卓也だが、彼から口説かれ、二人きりで行動するうち、徐々に惹かれていく。そんなある日、マージドの国の後継者争いに巻き込まれ、卓也は誘拐されてしまい——。

LYNX ROMANCE

うたかたの恋《こい》

火崎勇　illust. 北沢きょう

898円
(本体価格855円)

デザイン会社に勤める品川千樫の元に、家庭の事情で離れて暮らす双子の弟・蛍の突然の訃報が届けられた。呆然とする千樫の前に蛍の仕事仲間が現れ、蛍のふりをして、画家・東原然と一緒に暮らしてほしいと頼まれる。蛍の恋人である東原は、まだ彼の死を知らなかったのだ。やむなく「東原の仕事が終わるまで」という条件で引き受けた千樫だったが、東原の眩いばかりの才能と優しい人柄に惹かれていく自分が止められなくて……。

LYNX ROMANCE

ブルーダリア

火崎勇　illust. 佐々木久美子

898円
(本体価格855円)

外資系のIT企業に勤める白鳥は、頭脳だけが取り柄のサラリーマン。白鳥は、マンションの隣の部屋に住み、ワイルドで頼りがいがある便利屋の東城に恋心を抱いていた。ある日、白鳥の部屋が何者かに荒らされ、引っ掻き回されていた。東城に助けを求めた白鳥は、彼の部屋に暫く居候させてもらうことになる。思いがけない展開に胸を高鳴らせる白鳥だったが、喜びも束の間、二日後会社に行くと更に大きな事件が起きていて……。

LYNX ROMANCE

ペーパームーン

火崎勇　illust. 水名瀬雅良

898円
(本体価格855円)

デザイナーの双葉亜矢は、義兄の黒岩と恋人同士だったが、本当の血の繋がりがあることが分かり、振られてしまう。傷つきながらも、諦める決意をした双葉はある日、黒岩にそっくりな御山という男と出会う。仕事を依頼され、御山と一緒に過ごす時間が多くなる双葉だったが、黒岩のことを思い出してしまい、さらに落ち込むことに。御山からは好意を寄せられ、心を揺れ動かせるものの、やはり義兄のことが忘れられずにいて……。

LYNX ROMANCE

臆《おく》病《びょう》なジュエル

きたざわ尋子 illust. 陵クミコ

898円
（本体価格855円）

地味だが整った容姿の湊都は、浮気性の恋人と付き合い続けたことですっかり自分に自信を無くしてしまっていた。そんなある日、勤務先の会社の倒産をきっかけに高校時代の先輩・達祐のもとを訪れることになる湊都。達祐を慕っていた湊都は、久しぶりの再会を喜ぶが、達祐から「昔からおまえが好きだった」と突然の告白を受ける。強引な達祐に戸惑いながらも、一緒に過ごすことで湊都は次第に自分が変わっていくのを感じ…。

LYNX ROMANCE

カデンツァ3 ～青の軌跡〈番外編〉～

久能千明 illust. 沖麻実也

898円
（本体価格855円）

ジュール＝ヴェルヌより帰還し、故郷の月に降り立ったカイ。自身をバディ飛行へと駆り立てた原因でもある義父・ドレイクとの確執を乗り越えたカイは、再会した三四郎と共に『月の独立』という大きな目的に向かって邁進し始めた。そこに意外な人物まで加わり、バディとしての新たな戦いが今、幕を開ける――そして状況が大きく動き出す中、カイは三四郎に『とある秘密』を抱えていて…？

LYNX ROMANCE

ファーストエッグ1

谷崎泉 illust. 麻生海

898円
（本体価格855円）

風変わりな刑事ばかりが所属する、警視庁捜査一課外れの部署『五係』。中でも佐竹は時間にルーズな問題刑事だ。だが、こと捜査においては抜群の捜査能力を発揮していた。そんな佐竹が抱える態度以上の問題は、とある事件をきっかけに、元暴力団幹部である高御堂が営む高級料亭で彼と同棲し、身体だけの関係を続けていること。佐竹はその関係を断つことが出来ないでいた。そんな中、五係に真面目で堅物な黒岩が異動してきて…？

LYNX ROMANCE

天使《てんし》のささやき2

かわい有美子 illust 蓮川愛

898円
（本体価格855円）

警視庁警護課でSPとして勤務する名田は、同じくSPの峯神とめでたく恋人同士となる。二人きりの旅行やデートに誘われ嬉しくも思う名田。しかし、以前からかかわっている事件は未だ解決が見えず、また名田はSPとしての仕事に自分が向いているのかどうか悩んでもいた。そんな中、名田が確保した議員秘書の矢崎が不審な自殺を遂げる。ますますキナ臭くなる中、名田たちは引き続き行われる国際会議に厳戒態勢で臨むが…。

LYNX ROMANCE

裸《はだか》執事《しつじ》 ~縛鎖~

水戸泉

原作：マーダー工房 illust. 倒神神倒

本体価格 855円+税

大学生の前田智明は、仕事をクビになり途方に暮れていた。そんな時、日給三万円という求人を目にする。誘惑に負け指定の場所に向かった智明の前に現れたのは、豪邸と見目麗しい執事たち…。アルバイトの内容はなんとご主人様として執事を従えることだった。はじめは当惑したが、どんな命令にも逆らわない執事たちに、サディスティックな欲望を覚えはじめた智明。次第にエスカレートし、執事たちを淫らに弄ぶ悦びに目覚め——。

LYNX ROMANCE

マジで恋《こい》する千《せん》年《ねん》前《まえ》

松雪奈々

illust. サマミヤアカザ

本体価格 855円+税

平凡な大学生の真生は突然平安時代にタイムスリップしてしまう。なんと波長が合うという理由で、陰陽師・安倍晴明に心と身体を入れ替えられてしまったのだ。さらに思う存分現代生活を満喫したいという晴明のわがままにより、三カ月の間平安時代で彼の身代わりをする羽目に。無理だと断るが、晴明が残した美貌の式神・佐久に命じられるままなんとか晴明のふりをする真生。そんな中、自分を支えてくれる佐久に惹かれていくが…。

LYNX ROMANCE

身《み》代《が》わり花《はな》嫁《よめ》の誓《せい》約《やく》

神楽日夏

illust. 壱也

本体価格 855円+税

柔らかな顔立ちの大学生・珠里は、名門・鷲津家に仕える烏丸家の跡取りとして、鍛錬に励む日々を送っていた。そんなある日、幼い頃から仕えてきた主の威仁がザーミル王国のアシュリー姫と婚約したと聞かく。どこか寂しさを覚えつつも、威仁の婚約者を守るため、人前ではアシュリー姫の身代わりを引き受けることになった珠里。だが身代わりの筈なのに、まるで本物の恋人のように扱ってくる威仁に次第に戸惑いを覚えはじめて…。

LYNX ROMANCE

蝕《むしば》みの月《つき》

高原いちか

illust. 小山田あみ

本体価格 855円+税

画商を営む汐方家の三兄弟、京、三輪、梓馬。三人の関係は四年前、病で自暴自棄になった次男の三輪を三男の梓馬が抱いたことで、大きく変わった。血の繋がらない梓馬だけでなく、二人の関係を知った長男の京まで三輪を求めてきたのだ。幼い頃から三輪を想ってくれた梓馬のまっすぐな気持ちを嬉しく思いながら、兄に逆らえず身体を開かれる三輪。実の兄からの執着と、義理の弟からの愛情に翻弄される先に待つものは——。

LYNX ROMANCE

ネコミミ王《おう》子《じ》

茜花らら

illust. 三尾じゅん太

本体価格 855円+税

母が亡くなり、天涯孤独となった千鶴の元に、ある日、存在すら知らなかった祖父の弁護士がやって来る。なんと、千鶴に数億にのぼる遺産を相続する権利があるらしい。しかし、遺産を相続するには十郎という男と一緒に暮らし、彼の面倒を見ることが条件だという。しばらく様子を見るため、一緒に暮らし始めた千鶴だが、カッコイイ見た目に反して、ワガママで甘えたな十郎。しかも興奮するとネコミミとしっぽが飛び出る体質で…。

LYNX ROMANCE

幼《おさな》馴《な》染《じ》み～荊《いばら》の部屋～

沙野風結子

illust. 乃一ミクロ

本体価格 855円+税

母の葬儀を終えた舟の元に、華やかな雰囲気の敦朗が訪ねてくる。二人は十年振りに再会する幼馴染みだ。十年前、地味で控えめな高校生だった舟は、溌剌とした輝きを持つ敦朗に焦がれるような想いを抱いていた。だが親友ですらない、ただの幼馴染みであることに耐えかねた舟は、敦朗と決別することを選んだ。突然の来訪に戸惑い、何も変われていないことに苛立ちを覚える舟の脳裏に、彼との苦しくも甘美な日々が鮮明に甦り――。

LYNX ROMANCE

マルタイ ―SPの恋人―

妃川螢

illust. 亜樹良のりかず

本体価格 855円+税

来日した某国首相の息子・アナスタシアの警護を命じられた警視庁SPの室塚。我が儘セレブに慣れていない室塚は、アナスタシアの奔放っぷりに唖然とする。しかも、彼の要望から二十四時間体制で警護にあたることに。買い物や観光に振り回されてぐったりする反面、室塚は存外それを楽しんでいることに気付く。そして、アナスタシアの抱える寂しさや無邪気な素顔に徐々に惹かれていく。そんな中アナスタシアが拉致されしまい…。

LYNX ROMANCE

クリスタル ガーディアン

水壬楓子

illust. 土屋むう

本体価格 855円+税

北方五都と呼ばれる地方で、もっとも広大な領土と国力を持つ月都。月都の王族には守護獣がつき、主である王族が死ぬか、契約解除が告げられるまで、その関係は続いていく。しかし、月都の第七皇子・守善には守護獣がつかなかった。だがある日、兄である第一皇子から「将来の国の守りも考え伝説の守護獣である雪豹と契約を結んでこい」と命じられる。さらに豹の守護獣・イリヤを預けられ、一緒に旅をすることになり…。

LYNX ROMANCE

赦《ゆる》されざる罪《つみ》の夜《よる》

いとう由貴

illust. 高崎ぼすこ

本体価格
855円+税

精悍な容貌の久保田貴俊は、ある夜バーで、淫らな色気をまとった上原慎哉に声をかけられ、誘われるままに寝てしまう。あくまで『遊び』のはずだったが、次第に上原の身体にのめり込んでいく貴俊。だがある日、貴俊は上原の身体をいいように弄んでいる男の存在を知る。自分に見せたことのない表情で命じられるまま自慰をする上原に言いようのない苛立ちを感じるが、彼がある償いのために、身体を差し出していると知り…。

LYNX ROMANCE

竜王《りゅうおう》の后《きさき》

剛しいら

illust. 香咲

本体価格
855円+税

皇帝を阻む唯一の存在・竜王が妻を娶り、その力を覚醒させる——予言を恐れた皇帝により、村は次々と焼き払われた。そんな村跡で動物と心を通わせられる穏やかな青年・シンは、精悍な男を助ける。男は言葉も記憶も失い、日常生活すら一人では覚束ない様子。シンは彼をリュウと名付け、共に暮らし始めたが、ある夜、普段の愚鈍な姿からは思いもよらない威圧的な態度のリュウに、自分は竜王だと言われ、無理やり体を開かれて——。

LYNX ROMANCE

天《てん》使《し》強《ごう》奪《だつ》

六青みつみ

illust. 青井秋

本体価格
855円+税

身体、忍耐力は抜群だが、人と争うことが苦手なクライスは、王室警護士になり穏やかな毎日を送っていた。そんなある日、王家の一員が悪魔に憑依され、凄腕のエクソシスト『エリファス・レヴィ』がやってくる。クライスはひと目見て彼に心を奪われるが、高嶺の花だと諦める。だが、自分でも知らなかった『守護者』の能力を買われ彼の警護役に抜擢される。寝起きをともにする日々に、エリファスへの気持ちは高まってゆき…。

LYNX ROMANCE

咎《とが》人《びと》のくちづけ

夜光花

illust. 山岸ほくと

本体価格
855円+税

魔術師・ローレンの元に暮らしていた見習い魔術師のルイ。彼の遺言で森の奥からサントリムの都にきたルイに与えられた仕事は、セントダイナの第二王子・ハッサンの世話をすることだった。無実の罪で陥れられ亡命したハッサンは、表向きは死んだことにして今ではサントリムの『淵底の森』に匿われていた。物静かなルイは気に入ったハッサンは徐々にルイにうち解けていく。そんな中、セントダイナでは民が暴動を起こしており…。

LYNX ROMANCE

略奪者《りゃくだつしゃ》の純情《じゅんじょう》

バーバラ片桐

illust. 周防佑未

本体価格
855円+税

社長秘書を努める井樋響生のもとに、ある日荒賀組の若頭である荒賀侑真が現れた。荒賀とは小学校からの幼なじみで、学生時代には唯一の友人だったが十年振りに再会した彼は、冷徹で傲岸不遜な男に変わっていた。そんな荒賀に会社の悪評を流され、連日マスコミの対応に追われる響生。社長の宮川に恩を感じている響生は、会社の窮地を救おうと奔走するが荒賀に「手を引いてほしければおまえの身体で奉仕しろ」と脅迫されて…。

LYNX ROMANCE

おとなの秘密《ひみつ》

石原ひな子

illust 北沢きょう

本体価格
855円+税

男らしい外見とは裏腹に温厚な性格の恩田は、職場で唯一の男性保育士として日々奮闘していた。そんなある日、恩田は保育園に息子を預けに来た京野と出会う。はじめはクールな雰囲気の京野にどう接していいか分からなかったものの、男手ひとつで慣れない子育てを一生懸命やっている姿に惹かれていく恩田。そして、普段はクールな京野がふとした時に見せる笑顔に我慢が効かなくなった恩田は、思い余って告白してしまって…！

LYNX ROMANCE

暁《あかつき》に堕《お》ちる星《ほし》

和泉桂

illust. 円陣闇丸

本体価格
855円+税

清澗寺伯爵家の養子である貴郁は、抑圧され、生の実感が希薄なまま日々を過ごしていた。やがて貴郁は政略結婚し、奔放な妻と形式的な夫婦生活を営むようになる。そんな貴郁の虚しさを慰めるのは、理想的な父親像を体現した厳しくも頼れる義父・宗晃と、優しく包容力のある義兄・篤行だった。だがある夜を境に、二人から肉体を求められるようになってしまう。どちらにも抗えず、義理の父兄と爛れた情交に耽る貴郁は…。

LYNX ROMANCE

追憶《ついおく》の雨《あめ》

きたざわ尋子

illust. 高宮東

本体価格
855円+税

ビスクドールのような美しい容姿のレインは、長い寿命と不老の身体を持つバル・ナシュとして覚醒してから、同族の集まる島で静かに暮らしていた。そんなある日、レインのもとに新しく同族となる人物・エルナンの情報が届く。彼は、かつてレインが唯一大切にしていた少年だった。逞しく成長したエルナンは、離れていた分の想いをぶつけるようにレインを求めてきたが、レインは快楽に溺れる自分の性質を恐れていて…。

初出

お客様のご要望	2013年 リンクス5月号掲載
今宵スイートルームで	書き下ろし

この本を読んでの
ご意見・ご感想を
お寄せ下さい。

〒151-0051
東京都渋谷区千駄ヶ谷4-9-7
(株)幻冬舎コミックス　リンクス編集部
「火崎《ひざき》 勇《ゆう》先生」係／「亜樹良《あきら》のりかず先生」係

リンクス ロマンス

今宵スイートルームで

2014年2月28日　第1刷発行

著者……………火崎《ひざき》 勇《ゆう》

発行人…………伊藤嘉彦

発行元…………株式会社　幻冬舎コミックス
〒151-0051　東京都渋谷区千駄ヶ谷4-9-7
TEL 03-5411-6431（編集）

発売元…………株式会社　幻冬舎
〒151-0051　東京都渋谷区千駄ヶ谷4-9-7
TEL 03-5411-6222（営業）
振替00120-8-767643

印刷・製本所…共同印刷株式会社

検印廃止

ISBN978-4-344-83054-7 C0293
Printed in Japan

幻冬舎コミックスホームページ　http://www.gentosha-comics.net